KB059939

사라지지 않아

사라지지 않아

채은랑

연여름

김두경

존 프럼

이새벽

나현

사계절

기획의 말

우리를 둘러싼 과학기술 환경이 참 놀랍도록 빠르게 변해 갑니다. '챗GPT'나 '미드저니'처럼 글 쓰고 그림 그려 주는 인공지능 프로그램들이 불과 1~2년 사이에 익숙해졌습니다. 그런가 하면 국산 우주발사체 '누리호'가 성공을 거두었고 우리나라 최초의 달 탐사선 '다누리'는 지금 이 시간에도 달 주변을 돌고 있습니다. 그 밖에도 천문학이나 생명공학 등등 과학과 기술의 여러 분야에서 크고 작은 변화들이 쉴 새 없이 진행 중입니다.

인류 역사상 지금처럼 과학과 기술의 변화 속도가 빨랐던 적은 없습니다. 그만큼 사람들이 적응하기도 수월하지 않지요. 이런 세상에서 슬기롭게 살아가는 길은 시공간적 시야를 넓히는 데에 있습니다. 편견에 빠지지 않는 과학적 사고 방식을 기르는 것이 많은 도움이 되는데 특히 스토리텔링과 결합된 과학소설(SF)이야말로 가장 효과적인 방법 중 하나입니다.

일찍이 이런 점을 깨닫고 이 땅의 어린이, 청소년 들을 위해 누구보다 먼저 과학소설을 쓰기 시작하신 분이 바로 한낙원 선생님(1924~2007)입니다. 선생님은 지금으로부터 60년도 더 전인 1950년대에 우리나라 최초의 과학소설 전문 작가가 되었습니다. 그 당시에 우리나라는 한국전쟁이 멈춘 지 얼마 안 된 때라서 세계에서 가장 가난한 나라 중 하나였습니다. 다들 하루하루 먹고살기에 급급하던 시절이었지만 선생님은 남들보다 앞서 미래를 먼저 생각하셨던 것입니다. 언젠가는 어린이들이 더 나은 세상에서 살게 되리라는 믿음을 갖고 그를 위해서는 과학적 상상력을 키워 주는 것이 가장 중요하다는 신념을 실천하셨습니다.

한낙원 선생님은 생전에 40년이 넘도록 어린이, 청소년 독자들을 위한 과학소설을 꾸준히 내셨습니다. 그리고 세상을 떠나신 뒤에는 유족분들이 선생님의 뜻을 기리며 한낙원 과학소설상을 만들어 신인 작가들을 꾸준히 발굴해 오고 있습니다. 그렇게 새롭게 탄생한 작가분들의 작품집을 또 하나 세상에 내놓습니다. 어지럽게 변해 가는 과학기술의 세상에서 한낙원과학소설상 작품집의 의미가 갈수록 점점 더 커지는 것을 실감합니다.

지금 우리나라 과학소설계에서 가장 활발한 움직임을 보이는 분야가 바로 어린이, 청소년 독자를 위한 창작입니다. 이렇게 되기까지 가장 큰 역할을 한 것이 바로 한낙원과학소설상이라 해도 지나치지 않습니다. 머지않아 이 작품집들을 읽은 어린이, 청소년 중에 신인 작가도 탄생하리라 기대합니다.

그동안 한낙원과학소설상이 계속 이어지고 작품집이 꾸준히 출간될 수 있도록 애를 써 온 많은 분들이 계십니다. 특히 한낙원 선생님의 유족분들과 한낙원과학소설상 운영위원님들, 그리고 작품집을 계속 출간하는 사계절출판사에 깊은 감사의 마음을 전합니다. 이 모든 노력이 앞으로도 계속 이어져 이 땅의 어린이, 청소년 들이 갈수록 더 나은 세상에서 살아갈 수 있기를 기원합니다.

박상준

(서울SF아카이브 대표)

차례

제9회 한낙원과학소설상 수상작

채은랑

사라지지 않아

엄청난 굉음과 함께 먼지가 일었다. 반쯤 부서진 우주선이 행성 한가운데 쓰러져 있었다. 힘겹게 열린 문 사이로 괴상한 문어 모자를 쓴 여자가 고개를 내밀었다.

"도와줘!"

사라 언니인가? 아니다. 훨씬 어린, 내 또래로 보이는 여자아이였다. 아이의 다리가 조종석 틈에 꽉 끼어 있었다. 나는 선체에 기어 올라가, 그 아이의 가녀린 팔을 두 손으로 움켜쥐고 있는 힘껏 잡아당겼다. 빨리 꺼내야 했다. 더 있다가는 우주선이 터져 버릴지도 몰랐다. 마지막으로 힘을 준 순간, 여자아이와 내가 우주선 아래로 나동그라졌다. 곧이어 작은 폭발이 일어났다. 얼굴이 온통 재로 뒤덮인 아이가 힘없이 웃었다.

"나, 살았네."

나는 아이의 이마를 쓱 문질렀다. 닉네임 이상아. 모자를 벗기자 머리 위에 작은 별이 반짝였다. 3년 만에 보는 접속자 표시다. 그러니까 앤 나와 같은 휴면 계정이 아니었다. 이 캐릭터 너머에, 진짜 사람이 있다.

"도대체 왜 잊힌 자들의 은하에 온 거야?"

내가 묻자, 상아는 무언가 깜빡하고 있었다는 듯 서둘러 내 이마를 닦았다. 재가 폴폴 날렸다.

"양, 현, 지. 이번에도 아니네."

상아는 불타고 있는 우주선을 힐끗 보더니 씩 웃으며 손을 내밀었다.

"잘 부탁해! 보다시피, 잠깐 신세를 져야겠어."

상아의 손 위로 내 손이 겹쳐졌다. 지잉. 캐릭터끼리 접촉할 때 울리는 작은 연결음이 들렸다. 이 은하에서 다시 누군가의 손을 잡아 볼 수 있을 줄은 몰랐다. 그 순간, 등 뒤에서 엄청난 폭발음이 들렸다. 우리는 누가 먼저랄 것 없이 뛰기 시작했다.

사라 언니가 소멸된 이후로 내 행성에 누군가가 방문한 건 처음이었다. 상아는 내 집 위층의 다락방에 자리를 잡더니 며칠 사이에 완벽하게 적응했다. 행성을 한 바퀴 돌아본 상아가 내 행성이 얼마나 코딱지만 한지(앞으로 쭉 걸으면 두 시간 만에 제자리로 돌아온다나) 푸념을 늘어놓는 동안, 나는 상아의 우주선을 다시 살펴보았다.

그날 불시착한 우주선은 80퍼센트가 손실되었다. 조종사 한 명만 탈 수 있는 일인용이라 자그마했는데, 정비소로 옮겨 올 때 대부분 바스러져서 뼈대만 남아 있었다. 어느새 내 옆에 다가온 상아는 풀이 죽어 있었다. 상아에게는 비행 능력만 있을 뿐, 정비 능력은 전혀 없다고 했다. 관련된 아이템도 가지고 있지 않았다. 이 우주선을 다시 날게 하려면 고치는 게 아니라 거의 새로 만들어야 하는 수준이었다. 하지만 이곳에서라면 불가능하지는 않다. 이곳에는 대부분의 정비 기기가 갖춰져 있다. 나는, 아니 내 플레이어인 현지는 우주선 제작에 그야말로 미쳐 있었으니까. 3년 전까진 말이다.

나는 내 플레이어의 이름을 알지 못해서 그 애를 생각할 때면 늘 현지라고 불렀다. 그 애가 캐릭터인 나에게 붙여 준 이름. 현지는 미지의 행성에 가는 게 꿈이었다. 우주 곳곳을 여행하며 누구도 찾지 못한 행성에 가 보고 싶다고 했다. 여섯 살 때 이미 우주 여행에는 막대한 비용이 든다는 걸 깨달은 현지는 비행사를 꿈꾸는 대신 이 게임에 접속해 나를 만들었다.

나는 이 게임에서 10년을 살았다. 자신의 행성을 꾸미는 힐링 게임이었지만, 현지는 행성을 꾸미는 것보단 행성에서 다른 행성으로 여행을 떠나는 일에 더 관심이 많아 보였다. 다른 캐릭터들이 열심히 모은 코인으로 나무를 심을 때 나는 우주선을 만들 부품을 사러 다녔다. 우주선을 살 순 없었다. 그건 무지 비쌌으니까. 황량한 내 행성에 있는 거라곤 정비소와 집, 사과나무, 그리고 언제든 착륙할 수 있는 푸른 들판뿐이었다.

현지가 접속해 있는 동안, 나와 현지는 정비사 캐릭터인 나에게 매일매일 도착하는 미션을 해결했다. 어느 날은 다른 행성에서 수리 의뢰가 들어오기도 했다. 보상으로는 늘 우주선 부품이나 아이템을 골랐다. 플레이어가 접속을 끊고 일정한 시간이 지나면, 캐릭터의 자유 시간이 시작된다. 현지가 접속하지 않는 날이면 나는 종일 들판에 누워 별을 세었다.

3년 전 여름, 우리는 결국 밤을 지새워 우주선을 만들어 냈다. 그걸 타고 근처에 있는 친구들의 행성에 놀러 가기도 했다. 더 먼 우주로 가 보겠다고 액셀을 밟았다가 그대로 잿더미가 되어 버렸지만 말이다.

그날 이후로 현지는 사라졌다.

처음에는 바쁜가 보다 생각했다. 가끔 접속이 뜸할 때도 있었으니까. 그런데 사과나무 옆에 누워 새까만 우주를 올려다보던 어느 날, 나는 현지와 나를 연결하던 무언가가 완전히 끊어졌다는 걸 깨달았다. 그날, 행성 우편함에 '휴면 계정 전환'을 알리는 편지가 도착했다. 시스템이 보낸 편지는 행성 우편함과 플레이어의 이메일 주소로 동시에 발송된다. 나는 그 편지를 볼 수 있지만 '읽음 확인'은 할 수 없었다. 나는 캐릭터니까. 우편함에는 읽지 않은 편지가 쌓여 갔다. 당신의 캐릭터가 당신을 애타게 기다리고 있다고 해도, 곧 당신의 행성이 영구 삭제되니 그 전에 백업하라는 편지가 가도 현지는 확인하지 않았다.

고장 난 우주선 앞에 멍하니 앉아 있는 나를 상아가 툭 쳤다.

"너, 이걸 고칠 수 있구나?"

"이런 거 안 한 지 삼 년은 더 됐어."

나는 정비 장갑을 재빨리 벗었다. 초롱초롱한 눈빛으로 바라보는 상아를 애써 지나쳤다. 이제 다시는 우주선을 만들지 않을 거다. 그날, 우리의 우주선이 순식간에 타 버린 이후로 다짐하고 또 다짐했다. 죽지는 않았다. 고통도 느끼지 않았다. 나는 캐릭터니까. 대신 내 머릿속으로 현지의 감정이 고스란히 전해졌다. 수년 동안 쌓아 올린 꿈이 한순간에 사라졌다는 절망이 파도처럼 밀려들었다. 그러니 들판에 누워 시간이나 보내는 게 나았다. 어차피 나는 이 행성과 함께 곧 사라질 거였다.

"꼭 가야 할 곳이 있어서 그래."

상아가 나를 멈춰 세웠다. 얼굴에 장난기라고는 없었다. 내 두 손을 잡더니 우주선을 고쳐 달라고 부탁했다. 이 은하에서 찾아내야 하는 휴면 계정이 있다고 했다.

"행성 영구 삭제, 이 주 남았지?"

나도 모르게 눈을 치켜떴다. 상아가 천천히 입을 떼었다.

"널 사라지지 않게 해 줄게."

낮이면 상아는 책을 읽고 나는 우주선을 고쳤다. 상아가 읽는 건 사라 언니의 책들이었다. 서랍 안에 보관해 둔 걸 어떻게 알았는지 귀신같이 찾아냈다. 사라 언니의 책은 죄다 판타지뿐이었다. 대개 주인공이 어떤 낯선 세계에서 영웅이 되어 활약하는 이야기였다. 안경을 쓰고 두꺼운 우주 관련 전문 서적이나 읽을 것 같던 상아는 그 책들에 완전히 반한 모양이었다. 이렇게 재미있는 이야기는 처음 본다고 했다. 가슴이 막 뛴다나.

"사라 언니도 그걸 읽으면 살아 있는 것 같아서 좋댔어."

상아가 눈을 치켜뜨더니 뭘 좀 아는 분이네, 하고 웃었다.

"그분은 다른 행성으로 간 거야?"

나는 잠시 고민하다가 답했다.

"사라졌어."

사라 언니는 지난달에 완전히 삭제되었다. 언니가 살던 행성은 내 행성에서 가장 가까운 곳에서 아직도 빛나고 있다. 행성이 통째로 파괴되는 것이 아니라 캐릭터만 삭제되는 것은 단 한 경우, 플레이어가 죽었을 때다. 사라 언니는 처음 내 행성에 온 날부터 자신을 곧 사라질 사람이라고 소개했다. 겉으로는 많아 봐야 20대 후반쯤으로 보였지만, 사라 언니의 플레이어는 80대 할머니였다. 그 할머니가 마침내 숨을 거둔 것이다.

상아의 말대로 사라 언니가 다른 행성으로 간 걸지도 모른다고 꿈꾸던 때도 있었다. 사라 언니는 이곳저곳을 떠돌던 여행가였으니까. 그렇게 믿으면 이 거대한 우주에서 나를 아는 게 오직 나 자신뿐이라는 무서운 사실이 조금은 잊히곤 했다. 그러나 그것도 잠깐뿐이었다. 흔적도 남기지 않고 사라진, 소식 하나 들리지 않는 이가 어딘가 살아 있을 거라 믿는 건 쉽지 않은 일이었다.

상아는 더 이상 사라 언니에 대해 묻지 않았다. 대신 내 플레이어에 대해 물었다. 이름은 무엇인지, 어떤 시간대에 주로 방문했는지, 나이는 몇이고, 성별은 무엇인지 하나하나 캐물었다. 상아는 게임 바깥에서 내 플레이어를 찾아 줄 생각인 모양이었다. 그럼 영구 삭제의 위험에서 탈출할 수 있다고 했다.

게임에 접속하지 않는 시간이면 상아는 꽤 성실히 현지를 찾는 것 같았다. 처음에는 같은 이름을 가진 사람들을 몇 찾아와 이런 사람이 맞느냐고 물었는데, 그중 진짜 현지로 여겨지는 사람은 하나도 없었다. 내 현지는 아무리 귀찮아도 사과나무에 물 주기 같은 일일 퀘스트는 늘 놓치지 않았고, 부품들을 조합해 새로운 걸 발명해 내는 일을 좋아했으며, 무엇보다도 미지의 행성에 가고 싶어 했다.

오늘도 상아는 전혀 다른 양현지를 찾아왔다. 벌써 열일곱 번째였다. 상아가 이젠 더 찾을 사람도 없다며 투덜거렸다. 나는 입술을 꽉 물었다. 찾을 수 있을 거라고 기대한 게 바보 같았다. 그새 주변이 어둑했다. 우리는 들판 한가운데로 나갔다. 정비하느라 손에 묻은 검댕을 대충 바지에 닦고는 풀밭에 대자로 드러누웠다. 상아가 내 옆에 나란히 누워 밤하늘을 바라보았다.

"별이 무지 많네."

지구에서는 별이 잘 보이지 않는다고 했다. 상아가 입을 반쯤 벌린 채 쏟아질 듯한 별들을 바라보았다. 나는 눈을 감았다. 곧 시작이었다.

콰드득. 행성이 부서지는 소리가 들렸다. 전에는 작은 날벌레 소리처럼 들리던 것이 이제는 귀를 막아도 들릴 정도로 가까워졌다. 별 하나가 느리게 깜빡이더니 이내 완전히 자취를 감췄다. 오랫동안 플레이어가 접속하지 않은 행성 하나가 영구 삭제된 것이다. 상아가 침을 삼켰다.

"저 별에는 누가 살고 있었을까?"

상아의 물음에 답할 수 있는 사람은 이 은하에 단 한 명도 없다. 플레이어가 살다가 문득, 오래전 그런 게임을 했지, 그런 행성에 그런 캐릭터를 만들었지 하고 떠올리는 날이 올지도 모른다. 그럼 이곳에 그 캐릭터가 잠시 살았다는 사실을 기억해 주는 누군가가 존재하게 될 거다.

"네 플레이어도 널 기억해 낼지 몰라."

상아가 내 손을 꼭 잡았다. 몸을 반쯤 돌리고 나를 다정한 눈으로 바라보았다. 나는 상아를 물끄러미 바라보다 고개를 돌리고 말았다. 상아의 머리 위 별이 너무 눈부시게 빛나고 있었다.

"그런 날이 올까."

현지는 나를 기억해 낼까? 어쩌면 현지는 나를 기억하고 있을지도 모른다. 어딘가 부족한 우주선을 만들었던 실패한 캐릭터로. 사실 잊힌 자들의 은하 속 행성 대부분은 플레이어가 새로운 캐릭터를 만들어 활동하느라 이전 캐릭터의 존재를 잊은 경우였다.

상아는 다시 밤하늘을 올려다보았다. 별을 뚫어져라 쳐다보던 상아의 눈가가 조금씩 붉어졌다.

"누굴 찾고 있는 거야?"

나는 꾹꾹 참아 왔던 질문을 꺼냈다. 상아는 계속해서 누군가를 찾고 있었다. 우주선이 빨리 고쳐져야 하는 이유도 그거였다. 잊힌 자들의 은하에 아직 둘러보지 못한 행성만 수천 개라고 했다. 상아는 손을 쭉 뻗더니 수많은 별들을 가리켰다.

"저기 어딘가에 예지의 캐릭터가 있어."

상아가 긴 이야기를 시작했다. 그건 너무 긴 이야기라서, 상아는 그것을 잘게 쪼개어 며칠 동안 내게 들려주었다. 밤이 되면 우리는 함께 들판에 누웠다. 사라지는 별들을 보며 상아의 이야기를 들었다. 그사이 우주선은 착실히 견고해졌다.

상아가 예지를 만난 건 청소년 우주 탐사단 30기 오리엔테이션에서였다. 엄청난 경쟁률을 뚫고 고득점으로 시험에서 합격한 스무 명의 아이들. 그중 상아의 '버디', 그러니까 상아와 100일간 함께 팀이 되어 우주를 여행할 사람이 바로 예지였다. 상아와 예지는 우주 탐사단에서 진행하는 1년간의 교육 프로그램을 모두 함께했다. 신체 능력 테스트에서 상아의 정신이 아득해질 때마다 상아를 꼭 붙들고 버틴 건 예지였고, 우주 탐사 실습에서 실수한 예지 대신 점수를 깎인 건 상아였다.

예지는 어떤 훈련에서도 포기하는 법이 없었다. 빙글빙글 돌아가는 조종석에서 끝내 기절하면서도 조종간만은 꽉 붙들고 있던 예지에게 상아는 어떻게 그럴 수 있는지 물었다.

"무섭지 않아?"

"가야 할 곳이 있거든."

우주 저 멀리, 누구에게도 관측되지 않은 행성에 가고 싶다고 했다. 그곳에 가면 세상의 모든 것들이 다정한 빛에 잠길 수 있다고 했다. 예지가 새로 발견된 행성들에 대해 들떠 이야기할 때면 때로는 허무맹랑하게 느껴졌지만, 숨 막히게 적막하고 넓은 우주가 조금은 덜 두려워지곤 했다.

상아와 예지는 최종 선발 인원에 들었다.

열 명의 아이들이 임시 우주 정거장에 모여 있었다. 곧 각 팀이 소형 우주선을 타고 탐사를 떠날 예정이었다. 그때 커다란 굉음이 들리더니 정거장 안에 경고음이 울렸다. 결함이 발생한 것이었다. 예지가 상아의 손을 꽉 잡았다.

"괜찮을 거야."

시스템을 살피던 책임자가 숨을 들이마셨다. 정거장의 벽 하나가 파손되었는데 제어 장치가 제대로 작동하지 않아, 정거장 내부의 산소가 빠르게 사라지고 있었다. 소형 우주선으로 이어지는 통로에도 산소 농도 경고 장치가 반짝였다. 우왕좌왕하는 아이들 틈에서 예지가 떨리는 손으로 우주복을 꺼내 들었다. 멍하니 서 있는 상아를 붙들고 우주복에 팔을 끼워 넣었다.

"빨리 입어야 돼. 가만히 있다간 다 죽어."

이미 몇몇 아이들은 살아 보겠다고 다른 칸으로 옮겨 간 지 오래였다. 상아와 예지가 가까스로 우주복을 다 입었을 때, 책임자가 남아 있는 네 명의 아이들을 데리고 마지막 칸으로 옮겨 갔다. 곧 구조선이 온다고 했다. 창 너머에 빛나는 물체가 빠르게 이쪽으로 가까워지고 있었다. 상아는 그 순간의 예지를 또렷이 기억했다. 예지는 입을 반쯤 벌린 채, 무언가를 예감한 사람처럼 구조선을 바라보고 있었다. 이내 예지는 구조선 너머로 시선을 옮겼다. 끝없는 우주의 바다.

예지는 상아를 꼭 안았다. 그러고는 상아가 손쓸 틈 없이, 상아를 아이들이 있는 쪽으로 힘껏 밀었다. 예지는 무작정 반대쪽으로 뛰기 시작했다.

"황예지! 어디 가!"

상아가 통신기에 대고 소리쳤다. 예지는 멈추지 않고 계속 뛰었다.

"저 구조선에 자리는 여섯 개뿐이야."

통신기 너머로 우주선 조작음이 들려왔다. 상아는 침을 삼켰다. 돌아오라고 말해야 하는데, 온몸이 뻣뻣하게 굳어 입이 도무지 떨어지질 않았다.

"나는 갈 곳이 있어."

그게 예지의 마지막 통신이었다. 더 멀리 가. 상아는 자신이 무전기에 남긴 말을 예지가 들었는지조차 모르겠다고 말했다. 그날 사라진 아이들은 총 다섯. 네 명은 사망한 채 발견됐고, 예지는 소형 우주선 하나와 함께 행방불명되었다. 사망한 넷은 전부 우주 공간에 노출돼 딱딱하게 얼어붙은 모습이었다.

청소년 우주 탐사단을 담당하던 사람들이 줄줄이 뉴스에 얼굴을 비췄다. 세상이 이 일의 책임자를 찾는 동안 상아는 저 우주 어딘가로 사라진 버디, 예지를 찾았다. 버디니까 언젠가 어디선가 생존 신고를 해 올 거다. 우주 속 유일한 짝에게 잘 도착했다고 분명 메시지를 보내 올 거다. 그러나 통신기는 다시 켜지지 않았다. 조사하는 과정에서 상아가 알아낸 건 상아가 모르던 예지의 모습들뿐이었다. 예지가 부모님과 떨어져 이모의 손에서 자랐다는 것과, 지원금을 받을 수 있는 가장 높은 성적의 합격생이기에 탐사단에 들어올 수 있었다는 것 정도였다. 하나 더, 훈련소에 들어오기 전까지 웬 게임에 빠져 있었다는 것.

"두 명이 먹을 100일분의 식량이 있었으니 200일은 더 버텼을 거야."

긴 이야기를 끝마친 상아가 하늘을 올려다보았다. 목소리에 확신이 없어 보였다. 그래도 아직 우주 어딘가에 예지가 있을 것이라 믿는다고 했다.

"처음에는 그냥 게임이나 해 볼 생각이었어. 그런데 잊힌 자들의 은하를 찾게 된 거야. 여기에 예지의 캐릭터가 남아 있다면, 예지도 어딘가 살아 있다는 거잖아."

그날부터 상아는 잊힌 자들의 은하 속 행성들을 돌아다니기 시작한 거였다. 예지가 어딘가 살아 있다는 증거를 찾기 위해.

나는 가만히 상아의 손을 잡은 채 예지의 마지막을 머릿속에 그려 보았다. 우주로 거침없이 나아간 사람. 사라지는 것조차 개의치 않아 하는 완강한 뒷모습. 전해 들은 게 전부이지만 꼭 오래 알고 지낸 친구 같았다. 지금쯤 예지는 나처럼 한 행성에서 홀로 시간을 견디고 있을지도 몰랐다. 누군가 자신을 기억해 주길 바라면서. 나는 우주에 혼자 남겨지는 게 생각보다 더 외로운 일이라는 걸, 예지도 차마 예상하지 못했을 거라고 생각했다.

상아의 접속이 끊겼다. 머리 위의 별이 사라진 상아의 캐릭터가 풀밭에 눕더니 곯아떨어졌다. 플레이어의 뇌파와 분리되는 데에 필요한 시간이 다 끝나면, 저 아이는 다시 깨어나 자신만의 시간을 보낼 것이다. 방금 전까지만 해도 말소리가 끊이지 않았는데 순식간에 행성이 적막해졌다. 서둘러 정비소로 향했다. 너무 조용해서 귀가 터질 것 같았다. 발걸음이 점점 빨라졌다. 육중한 문을 열자 규칙적으로 움직이는 기계 소리가 몸을 감쌌다.

정비소 안쪽에는 모습을 얼추 다 갖춘 일인용 우주선이 나를 기다리고 있었다. 이제 남은 건 엔진뿐이다. 나는 복잡하게 얽힌 회로에 손을 집어넣었다. 이걸 고치는 데에는 하루면 충분했다. 영구 삭제까지 일주일 남았으니, 상아는 내 행성이 폭발하기 전에 안전히 빠져나가 예지를 찾으러 떠날 수 있을 것이다.

나사를 조여야 하는데 손이 자꾸만 미끄러졌다. 나는 드라이버를 내려놓고 장갑을 벗어 던졌다.

사라 언니가 떠난 직후를 떠올려 보았다. 그날 아침은 숨막히게 고요했다. 사라 언니가 부스럭대며 책장을 넘기는 소리도, 나 몰래 일어나 움직이느라 집 안의 마룻바닥이 삐걱대는 소리도 들리지 않았다. 아무리 고래고래 소리를 질러도 돌아오는 답은 없었다. 상아가 떠나고 나면 남은 일주일도 마찬가지일 거였다.

정비소의 문을 닫았다. 일주일만 이기적이고 싶었다. 그새 다시 접속한 상아가 달려왔다. 나는 울상을 지었다.

"조금 더 걸리겠어."

상아는 괜찮다며 내 등을 토닥여 주었다.

다음 날에도, 그다음 날에도 우주선은 공식적으로 완성되지 않았다. 나는 같은 부품을 몇 번이고 조립했다 해체하기를 반복했다. 정비 시간이 길어지자 상아는 이 은하에 별들이 어떤 규칙으로 배치되어 있는지, 예지의 캐릭터가 있는 행성을 빨리 찾으려면 어디로 가야 할지 연구하기 시작했다. 그럴 때마다 속이 콕콕 쑤셔 왔지만 드라이버를 다시 고쳐 쥐지는 않았다.

영구 삭제까지 나흘. 상아는 들판에 가만히 누워 새까만 밤하늘만 보았다.

영구 삭제까지 사흘. 상아는 접속하지 않았다. 상아의 캐릭터는 들판 위에 여전히 드러누운 채 눈을 감고 죽은 듯이 잠들어 있었다. 반나절이 지나자 캐릭터가 몸을 일으키더니 기본 설정 루틴에 따라 움직이기 시작했다. 말을 하고 일을 했지만 그건 내가 아는 상아와 조금도 닮아 있지 않았다. 그건…… 더 이상 상아라고 부를 수 없는 무엇이 되어 있었다. 팔에 오소소 소름이 돋았다. 나는 언제부터 나였을까.

별이 부서지는 소리가 코앞까지 가까워졌다. 영구 삭제까지 단 이틀이 남은 날, 누군가 정비소 문을 두드렸다. 상아였다. 머리 위에 선명히 별이 빛나고 있었다. 나도 모르게 와락 상아를 안았다. 그런데 상아는 마주 안지도, 날 다독이지도 않고 가만히 내게 기대었다. 늘 절박함과 다정 같은 것이 뒤섞여 있던 상아의 눈에는 텅 빈 검은 눈동자만 자리했다. 당장이라도 부서질 사람처럼. 나는 서둘러 엔진을 고치는 척 우주선에 고개를 묻고 팔을 움직였다. 상아는 정비소 구석에 쪼그려 앉은 채 쉼 없이 움직이는 기계들을 물끄러미 바라보았다.

“예지, 정말 살아 있을까?”

예지가 우주 너머로 사라진 지 이제 곧 1년이 되어 간다고 했다. 여전히 통신은 오지 않은 모양이었다.

“어디로 갔는지는 가늠이 돼?”

“미지의 행성.”

나는 쥐고 있던 나사를 놓치고 말았다. 미지의 행성이라니. 그 말을 다시 듣는 게 너무 오랜만이었다. 나는 솟구치는 마음을 다시 꾹꾹 눌렀다. 미지의 행성에 가고자 하는 사람쯤은 많을지도 모른다. 상아가 계속 말을 이었다.

“걔 꿈이야. 누구도 발 딛지 못한 행성에 가는 것. 우주 탐사단에 들어온 이유랬어.”

손이 덜덜 떨렸다. 개발자가 발견했다면 오류라고 외쳤을 만큼이나 명확하게. 몸 안쪽에서부터 무언가 벅차올라 말이 제대로 나오지 않았다.

“저 멀리 어딘가에 그런 행성이 있대. 정확한 코드명은 M…….”

“마리나 은하의 M-3270K.”

입을 딱 벌린 상아가 천천히 고개를 끄덕였다. M-3270K. 나는 단 한 순간도 그 코드명을 잊어 본 적 없었다. 그건 현지가 늘 입력하던 목적지였으니까. 이론상으로는 존재하지만 누구도 가 본 적 없고 관측한 적 없다던 행성.

"네가 거길 어떻게 알아?"

상아는 믿을 수 없다는 목소리로, 그 코드명을 처음 만든 날의 이야기를 들려주었다.

도서관에 콕 박혀 있던 예지가 달뜬 표정으로 돌아온 날이었다.

"드디어 찾았어!"

예지는 한 권의 책을 펼쳐 내밀었다. 거기에는 '사라진 은하'라는 알쏭달쏭한 말이 적혀 있었다. '사라진 존재들은 그곳에 모이곤 했다.' 책에 명시된 단서라고는 이 문장이 전부였다. 관측된 사진 한 장 없는데도 예지는 자신이 찾던 곳이 바로 이곳임을 직감했다고 말했다.

"그냥 소설일지도 모르잖아."

상아의 말에 예지가 진지하게 목소리를 깔았다.

"없는 이야기는 존재하지 않는 법이야."

상아는 물음표를 삼키고 예지가 목적지의 이름을 정하는 데에 동참했다. 은하의 이름은 상아가 지었다. 마리나, 항구라는 뜻이었다. 그 이름이라면 예지가 저 행성에 도착하더라도 그대로 사라지지 않을 것 같았다. 거기서 멈추지 않고,

그다음 정박지로, 또 그다음 정박지로 여행할 수 있을 것 같았다. 예지는 그 이름을 마음에 들어 했다. 그렇게 예지의 첫 번째 목적지가 결정되었다. 마리나 은하의 M-3270K 행성.

"말도 안 돼."

상아는 멍하니 나를 보았다. 눈을 끔뻑거렸다가, 다시 나를 빤히 보았다. 그러더니 바닥에 철퍼덕 주저앉아 목 놓아 울기 시작했다.

"됐어, 이제 다 됐어."

상아가 내 팔을, 목을, 얼굴을 더듬더니 와락 끌어안았다.

"예지가 가려고 했던 행성 말이야. 거기엔 뭐가 있을까?"

상아가 물었다. 우리는 손을 맞잡은 채 이런저런 가설을 세우며 들판을 걸었다. 상아의 발걸음이 날아갈 듯 경쾌했다. 일단 사과나무로 뒤덮인 행성은 아닐 것이다. 아니? 사과가 땅속에서 열릴 것이다. 아니? 눈이 세 개인 인간들이 살 것이다. 아니? 시간이 흐르지 않는 행성일 것이다. 아니? 아무것도 없는 텅 빈 행성일 것이다. 상아가 푸흐흐 웃음을 터트리더니 박수를 쳤다.

"좋아. 우주선이 고쳐지면 나, 거기로 가야겠어."

발걸음을 멈췄다. 상아가 나를 돌아보았다.

"그냥 여기……."

그 순간, 전에는 들어 본 적 없는 엄청난 굉음이 들렸다. 나와 상아가 서 있는 땅이 사정없이 흔들렸다. 우리는 귀를 꽉 막고 별의 죽음이 끝날 때까지 쪼그려 앉아 있었다. 마침내 진동이 멎었다. 가장 가까이에서 빛나던 별 하나가 하늘에서 사라졌다.

그제야 내가 얼마나 바보 같은 생각을 했는지 깨달았다. 행성이 삭제되면 행성에 존재하던 모든 것들이 단숨에 사라진다. 나는 곧장 정비소로 뛰어들어가 문을 닫았다. 상아가 문을 두드리는 소리에도 아랑곳하지 않았다. 당장 우주선을 고쳐야 했다. 정비 장갑을 낀 손이 덜덜 떨렸다. 결함이 있어서는 안 됐다. 다른 은하로 건너갈 수 있을 만큼의 충분한 성능이 필요했다. 상아가 이 세계에서라도 미지의 행성을 찾아낼 수 있도록.

동이 틀 때쯤, 안정적인 시동 소리가 들렸다. 마지막으로 우주선의 비행자에 상아의 이름을 적어 넣었다. 이번에야말로 멀리멀리 날아갈 수 있을 거였다.

상아는 들판에 가만히 앉아 있었다. 달려오는 나를 발견한 상아가 벌떡 일어나 손을 흔들었다.

"우주선이 완성됐어."

상아가 활짝 웃으며 나를 껴안았다. 그리고 들판 위에 정박된 우주선을 이리저리 살펴보았다. 나는 상아의 손에 헬멧을 쥐여 주고 우주선 문을 열었다. 시트에 몸을 고정한 상아는 떨리는지 자꾸 심호흡을 했다. 그러다 문득 조종간을 내려다보았다. 버튼을 몇 개 매만지더니 손을 내렸다. 어딘가 석연치 않은 표정이었다.

상아가 잠금장치를 풀더니 우주선에서 내려왔다. 그러고는 헬멧을 벗어 내게 내밀었다.

"이거 타고 가."

나는 물끄러미 상아를 바라보았다. 얘가 드디어 맛이 갔나? 상아가 어깨를 으쓱했다.

"이건 네가 만든 우주선이잖아."

"여, 여긴 곧 삭제될 거야."

"나는 어차피 사라지지 않아. 너도 알잖아."

상아가 내 손에 우주선 열쇠를 쥐여 주었다.

"난 이걸 타 봤자 어차피…… 사라질 텐데."

입술을 꽉 깨물었다. 나의 현지, 그러니까 예지는 게임 캐릭터가 아니었다. 현실적으로 우주 공간에 내몰린 거라면, 오래 살아남기는 어려웠다. 자신에게 맞게 조정해 두었던 시트 설정을 초기화하던 상아의 손이 잠시 멈췄다.

"예지는 행방불명일 뿐이야. 네가 여기 있잖아."

상아는 다시 꾹꾹이 비행자 란에서 자신의 이름을 지우고 내 이름을 적어 넣었다.

"그러니까 너도 어딘가에 계속 남아 있을 수 있어."

상아가 내 머리에 헬멧을 꾹 눌러 씌웠다. 익숙한 조임이 느껴졌다. 있지도 않은 심장이 뛰는 것만 같았다. 조종석 문을 닫으려는 상아의 손을 붙잡았다.

"그럼 너는?"

상아가 씩 웃었다.

"너는 여기서, 나는 저기서. 다시 탐사단에 지원할 거야."

내가 계속해서 우물쭈물하자 상아가 덧붙였다.

"알잖아, 우리는 가야 할 곳이 있어."

한참을 머뭇거리다 고개를 끄덕였다. 끝없는 까만 하늘이 보였다. 저 너머로 계속 가 보고 싶었다. 예지가 가고자 했던 곳에 어쩌면 내가 갈 수 있을지도 몰랐다. 상아가 나를 꼭 안았다. 내 귀에 대고 멀리멀리 가라고 속삭여 주었다.

조종석에 앉아 시트를 조정했다. 마지막으로 기기를 점검했다. 오류 없음. 시동을 켜자 온몸으로 진동이 느껴졌다. 시끄러운 엔진 소리를 뚫고 상아의 목소리가 들려왔다. 상아는 온 힘을 다해 소리치고 있었다.

"어디로 갈 거야?"

나는 씩 웃으며 레버를 당겼다.

"미지의 행성으로!"

우주선이 위로 솟구쳤다. 오랫동안 함께한 행성을 잠시 내려다보았다. 상아가 점점 조그마해지더니 완전히 보이지 않았다. 대기권을 벗어나자 광활한 우주가 펼쳐졌다. 누군가에게 잊힌 행성들이 내 옆으로 빠르게 스쳐 지나갔다. 그때 아주 작은, 손뼉 치는 소리 같은 것이 들렸다. 장기 휴면 계정이 영구 삭제되었다는 안내 메시지와 함께 행성 하나가 영원히 사라졌다.

*

*

*

*

어디선가 낯익은 주파수가 느껴졌다. 누군가 내 머릿속에 신호를 보내고 있었다. 액셀을 있는 힘껏 밟았다. 이제 정말 어디로 가야 좋을지 알 것 같았다.

제9회 한낙원과학소설상 수상 소감

미지의 행성에서 다음을 꿈꾸는 모두에게

반가워요! 제 이름은 채은랑. 오늘 탄생한 따끈따끈한 작가 캐릭터입니다.

쉿, 들었어요? 저 먼 우주에서 방금 작은 행성 하나가 사라졌습니다.

저는 늘 사라지는 것들에 대해 생각합니다. 이 이야기는 그렇게 시작되었어요. 사라져야만 하는 아이가 사라지지 않을 미래를 직접 만들어 나가는 이야기를 쓰고 싶었습니다. 눈을 감고 상상하면, 책을 펼치고 문장을 읽으면 무엇이든지 가능하잖아요. 꿈을 꿀 수 있잖아요. 슬픔이 없는 세계에 갈 수 있을지도 모르잖아요. 미지의 행성에 갈 수도, 완전히 다른 내가 될 수도 있죠. 제가 이 소설을 통해 여러분을 만나게 된 것처럼요. 다음이 도무지 떠오르지 않는 막막한 우주 공간에 남겨진 이들에게, 이 소설이 다정한 '다음'으로 읽힐 수 있으면 좋겠습니다.

저는 여러 글을 씁니다. 시도, 소설도, 희곡도, 가끔은 뮤지컬도 써요. 그 모든 것들 중에서 어린이, 청소년 들을 위한 이야기로 첫발을 떼게 되어 기쁩니다. 제게 새로운 세상을 보여 준 것도, 쓰는 사람으로 살게 만들어 준 것도 전부 어릴 때 읽은 소설들이었거든요. 제가 행복한 독자였듯, 제 글이 여러분에게도 빛나는 세계로 가닿았으면 좋겠습니다.

잠시 제 행성에 사는 사람들을 소개하고 싶어요. 동화를 사랑하는 아이로 자랄 수 있게 해 준 부모님, 어린 시절 함께 이야기를 가지고 놀아 준 은영에게 고맙습니다. 언제나 내 이야기의 첫 독자가 되어 주는 창작 동인 ≠(inequality), 그리고 「사라지지 않아」를 마지막까지 치열하게 쓸 수 있게끔 도와 준 친구들에게 계속 함께 쓰자는 말을 전하고 싶어요. 작가로 첫 발걸음을 뗄 기회를 주신 한낙원 선생님 유족분들과 심사위원분들, 『어린이와 문학』에 감사드립니다. 이 이야기가 독자에게 닿을 때까지 서툰 작가를 데리고 고군분투해 주신 사계절출판사 편집부 선생님들에게도 감사드립니다. 끝으로 8년간 문학과 삶과 세계를 가르쳐 주신 모든 선생님들께, 감사 인사를 전하고 싶습니다.

다음 행선지는 미지의 행성입니다! 하차는 곤란해요. 저는 이미 조종석에 앉아 레버를 당겨 버렸거든요. 결코 사라지지 않는 이야기들을 쓸 겁니다. 지면 위로 옮겨 올 빛나는 이야기를 기대해 주세요. 함께 읽어 주세요. 세상의 모든 존재가 존중되는 자리에서 읽히는 글을 쓰겠습니다. 우리, 더 멀리 가요!

채은랑

수상 작가 신작

채은랑

하얀 파도

아이돌이 사라졌다. 그것도 인기 최정상 걸그룹 '체리핑크'가 생방송 도중에 말이다. 방금 전까지만 해도 체리핑크 멤버들은 짧은 반바지에 배꼽 위로 올라오는 민소매 티셔츠를 입고 노래를 부르고 있었다. 그런데 순식간에 체리핑크는 물론이고 음악 방송의 무대 세트부터 자막까지 통째로 지워졌다. 텔레비전 화면에 한동안 하얀 공백이 생겼다. 진행자는 아무렇지 않게 다음 가수의 노래를 소개했다.

"엄마, 방금 봤어?"

"뭐가?"

"체리핑크. 갑자기 싹 다!"

"체리핑크? 그게 뭐야?"

엄마가 아무것도 모른다는 듯 눈을 동그랗게 뜨고 물었다. 말도 안 돼. 평소에도 엄마는 체리핑크가 신곡을 냈다 하면 하루 종일 텔레비전에 뮤직 비디오를 틀어 두어 내게 잔

소리를 듣곤 했다. 오늘 아침부터 음악 방송 채널을 틀어 놓은 것도 엄마였다.

"타올라! 앗 뜨거! 타올라! 몰라?"

"유재아, 아침부터 꿈꿨어?"

나는 눈을 치켜떴다가 이내 씩 웃었다. 엄마가 생일날 아침부터 날 약 올리기로 단단히 마음먹은 모양이었다. 오후에 깜짝 선물이라도 준비한 게 분명했다.

"왠지, 아침에 미역국 하나 없더라."

엄마가 어리둥절한 표정으로 나를 보더니 내게 가방을 떠밀었다. 흘끗 시계를 쳐다보았다. 당장 출발하지 않으면 지각이었다.

교실은 아이들로 복작거렸다. 모두가 아침의 '그 사건' 이야기로 수군대고 있을 줄 알았는데, 체리핑크의 이름은 어디에서도 들려오지 않았다. 회장이 칠판 앞에 서서 오늘의 당번 목록을 새롭게 적어 넣고 있었다. 회장은 반 아이들 모두가 알아주는 체리핑크 팬이었다. 나는 가방을 자리에 던져 놓고 회장에게 쪼르르 달려갔다.

"아침에 체리핑크 무대 봤어?"

"그게 누군데?"

회장은 정말로 모르는 눈치였다. 뭔가 이상했다. 나는 휴대폰 검색창에 체리핑크를 입력했다. 로딩 표시가 뱅글뱅글 돌아가더니 텅 빈 화면이 나왔다. 검색 결과가 없다는 문구조차 없었다. 눈부시게 하얗고 가장자리가 투명한 게, 아까 텔레비전에서 본 그 공백과 같았다. 칠판 앞을 지나가는 친구들을 붙잡고 한 명씩 물어봤지만, 체리핑크를 기억하는 사람은 아무도 없었다. 이건 말도 안 됐다. 체리핑크는 이 도시의 모두가 사랑하는 그룹이었다. 30분 전까지는 그랬다.

"어떻게 온 세상이 잊어버릴 수 있냐고!"

내 고함에 회장이 깜짝 놀라 분필을 떨어뜨렸다. 반 아이들이 전부 나를 쳐다보았다. 나는 머쓱해져 입을 다물고 칠판 밑에 떨어진 분필 조각을 그러모았다. 회장이 구시렁거리며 새 분필을 꺼냈다.

"너 그런다고 당번 면제 안 해 준다."

회장이 청소 당번 명단에 내 이름을 적어 넣었다. 나는 피식거리며 회장 옆구리를 쿡쿡 찔렀다. 오늘 청소 당번은 내가 아니었다.

"너도 틀리는 날이 다 있다?"

"오늘 재아 너 맞거든?"

"민주지. 16일 화요일이잖아."

"오늘 17일이야."

오늘은 내 생일이다. 16일. 몇 달 전부터 손꼽아 기다려 왔던 날을 헷갈릴 리 없었다. 회장이 한숨을 쉬더니 교실 뒤에 걸린 달력을 통째로 들고 왔다.

"자, 봐!"

선풍기 바람에 달력이 팔락거렸다. 15일 다음은 16일인데……. 16일이 없었다. 그 자리엔 작은 공백 하나가 반짝이고 있었다. 눈을 두어 번 감았다 떠도 달력은 그대로였다. 머리가 어지러웠다. 누가 내 머리에 손을 집어넣고 휘휘 젓는 것 같았다.

나는 이번 달 달력을 찢어 든 채 교실 문을 박차고 뛰기 시작했다. 등 뒤에서 날 부르는 회장의 목소리가 희미하게 들렸다.

중앙 계단을 세 칸씩 뛰어 내려갔다. 운동장 한가운데에 멈춰 서서 헉헉 숨을 골랐다. 버드나무 다섯 그루, 축구 골대 옆에 구령대, 구령대 옆에 공백 한 개. 1학년 1반 옆에 2반, 2반 옆에 빈칸. 이럴 순 없었다.

학교를 벗어나 달렸다. 육교를 지나 공원을 가로질렀다. 풍경이 빠르게 스쳐 지나갔다. 차가 쌩쌩 달리는 8차선 도로를 건너 높다란 건물이 즐비한 도심까지 단숨에 달려갔다. 커다란 교차로의 가운데에 와서야 멈춰 설 수 있었다.

나는 천천히 고개를 들었다. 곧이어 등줄기에 소름이 오소소 돋았다.

"이게 말이 돼?"

도시는 마치 쓰러지기 직전의 젠가처럼 온통 구멍이 나 있었다. 누군가 끄트머리를 살짝 건들면 당장이라도 붕괴할 것 같았다. 이렇게 많은 공백이 있을 줄은 상상도 하지 못했다. 건물 사이에, 사람들 틈에 크고 작은 빈칸이 숭숭 뚫려 있었다.

노란색 마을버스가 경적을 울렸다. 남자 하나가 횡단보도 위를 달리고 있었다. 버스와 남자가 당장이라도 부딪힐 것 같은 순간, 버스가 하얗게 변했다.

"저, 저거!"

신호등에 초록색 불이 들어왔다. 맞은편에서 사원증을 건 한 무리의 사람들이 깔깔대며 나를 지나쳐 갔다. 버스와 사람이 부딪힐 뻔했는데도, 바로 옆에 커다란 공백이 우뚝 서 있는데도 사람들은 아무렇지 않게 웃고 떠들었다.

"학생, 괜찮아요?"

한 할머니가 근심스러운 표정으로 나를 들여다보았다. 얼떨결에 고개를 주억거렸다. 할머니는 종종걸음으로 길 건너편으로 사라졌다.

집으로 돌아오는 길에 나는 최대한 바닥만 보며 걸었다. 공백들을 더는 보고 싶지 않았다. 이따금 보도블록 사이에 낀 공백이 보일 때면 눈을 질끈 감았다.

집 안은 고요했다. 엄마가 그새 회사에 간 모양이었다. 냉장고를 열어 보았지만 내 생일 케이크 같은 건 없었다. 공백 두어 개가 보일 뿐이었다. 거실 소파에 누워 눈을 꾹 감았다. 이게 다 체리핑크 때문이었다. 체리핑크가 사라지기 전까지만 해도 이 하얗고 빛나는 이상한 공백 같은 건 보이지 않았다. 나는 주머니에서 구겨진 달력을 꺼내 슬며시 폈다. 여전히 16일 자리에는 공백이 있었다. 이 하얀 건 무언가 사라진 자리가 분명했다. 그렇다면 16일은 도대체 왜 사라진 걸까? 체리핑크는? 버스는 어디로 갔을까.

머리를 쓰는 건 역시 내 적성에 안 맞았다. 다 잊고 낮잠이나 푹 자고 싶었다. 2층으로 향하는 계단을 올랐다. 그러나 나는 내 방으로 들어가기도 전에 멈춰 서야만 했다. 내 방 바로 앞, 창고로 쓰는 작은 방에 커다란 공백이 있었다.

가까이 다가가 보니 달력의 공백과는 조금 다른 모양이었다. 공백 위에 뿌옇게 안개 같은 것이 끼어 있었다. 조심스레 흰 공백 위에 손을 맞댔다. 머릿속에 기억들이 마구잡이로 들어왔다. 날 보며 턱을 치켜들고 있는 사람, 화장실을 먼저 쓰겠다고 소리치고 있는 사람, 엄마와 나와 함께 가족사진을 찍는 사람……. 그건 전부 내 언니, 유희지에 대한 기억들이었다.

*

우리는 생일이 같았다. 안타깝게도 유희지가 나보다 5년 정도 빨랐지만 말이다. 그래 봤자 5년일 뿐인데 언니는 그걸 마치 50년처럼 여겼다.

"인생 선배를 공경하는 자세를 좀 가져 봐."

으스대며 어른 행세를 하는 꼴은 싫었지만 그것 빼고는 썩 나쁘지 않아서 나는 꼬박꼬박 유희지를 언니라고 불렀다. 나중에는 입에 붙어서 언니 이름이 처음부터 언니였던 것처럼 느껴졌다.

시스템이 세상의 균형을 섬세하게 조율하는 오류 없고 완벽한 도시. 이 도시에 같은 날 태어난 형제자매는 흔치 않았다. 내가 여덟 살이었을 때, 언니와 동시에 감기에 걸려 병원을 찾은 날 의사는 우리의 생년월일을 보고는 '작은 버그들'이라는 호칭을 붙여 주었다. 자신이 굉장히 재치 있는 사람이라는 듯 으스대는 의사의 앞에서 언니는 혼잣말을 했다. 버그 좋아하시네. 조금 큰 목소리라는 게 문제였지만 말이다.

언니는 확실히 별났다. 놀이터에서 그네를 타며 놀다가도 별안간 가만히 멈춰 서서 어딘가 먼 곳을 바라보았다. 뭐가 있는지 물으면 아니, 그냥, 하고 얼버무리기 일쑤였다. 밥을 먹다가 문득 이상한 말을 해 가족들을 놀라게 하기도 했다.

"불이 났는데 탄내가 안 나네."

"불났어?"

황급히 주방을 돌아보았지만 냄비는 착실히 미역국을 적당한 온도로 데우고 있었다. 엄마는 언니가 비상해서 그런 거라고 했다.

이제는 언니가 본 것이 무엇인지 안다. 그날 미역국을 담은 냄비에서는 정말 불이 났을 것이다. 순식간에 불꽃과 연기들이 하얀 공백이 되었겠지만 말이다.

엄마의 말이 영 틀린 건 아니었다. 학교에서 정기 시험을 볼 때마다 언니의 점수는 언제나 만점이었다. 도시 전체에서 만점자는 언니뿐이었다. 앞자리가 7을 간신히 넘는 나와는 달랐다. 정말 50년이라도 먼저 태어난 것 같았다. 버그에서 천재가 된 언니는 중학교를 졸업할 무렵부터 도시의 시스템에서 일했다. 그것도 '메인 시스템'을 다루는 시스템 본

부에서 말이다. 시스템 본부는 도시가 평화롭고 안전하게 유지될 수 있도록 관리하는 곳이라고 했다. 곳곳에서 생겨나는 오류를 바로잡고, 도시 수식을 관리한다고 했다. 언니는 이게 모두 행복한 도시를 만드는 일이라며 자랑스럽게 말했다. 내가 학교에서 친구들과 점심시간 메뉴를 가장 중요한 화젯거리로 이야기할 때 언니는 사원증을 걸고 수식을 만졌다. 오후에 책가방을 메고 집에 돌아와 내가 침대와 한 몸이 되는 동안, 언니는 컴퓨터에 고개를 파묻고 하품을 했다. 언니는 갈수록 뾰족하게 깎은 연필처럼 날카로워졌다. 나중에는 내가 언니 방 문을 두드려도 열어 주지 않았다.

이렇게나 모든 게 생생한데, 언니를 어떻게 잊고 살았는지 모르겠다.

*

엄마가 내 어깨를 쥐고 흔들었다. 집에 돌아와 보니 내가 작은 방 앞에 쓰러져 있었다고 했다. 보드라운 이불이 만져졌다. 내 방, 내 침대 위였다. 머리가 깨질 듯 아팠다.

눈을 두어 번 깜빡였다. 완전히 다시 태어난 기분이었다.

“언니는?”

엄마가 눈을 동그랗게 떴다.

"무슨 언니?"

"엄마 딸, 유희지."

엄마의 까만 눈동자가 순식간에 젖었다. 입이 반쯤 벌어졌다. 그때, 엄마의 눈동자 위에 흰 막 같은 것이 씌워졌다. 그건 아주 짧은 순간이라서 꼭 병원의 하얀 전등 빛이 잠깐 비친 것 같기도 했다. 엄마의 동공이 금세 텅 비었다.

"……그게 누군데?"

엄마에게 몇 번이고 다시 언니 이야기를 해 보았지만 달라지는 것은 없었다. 대체 무슨 소리를 하느냐며 안쓰러운 표정으로 나를 쳐다볼 뿐이었다. 나는 입을 다물었다. 엄마의 그 표정을 더는 보고 싶지 않았다.

나는 집 안 곳곳을 구석구석 살펴보았다. 집에는 언니의 물건이 남아 있지 않았다. 정확히는, 언니의 물건들이 죄다 하얀 공백으로 보였다. 언니도 사라진 걸까?

언니에 대한 마지막 기억은 1년 전 우리의 생일날, 아쿠아리움에서다. 그즈음 언니는 집에 들어오는 횟수가 줄었다. 바쁘다는 이유였다. 아쿠아리움은 언니가 먼저 한 약속이었다. 16일, 우리의 생일날만큼은 가족들과 함께 시간을 보내기로 한 것이다. 그러나 우리의 생일 전날, 언니는 집에 들어

오지 않았다. 나는 방문을 종이 한 장 통과할 만큼만 열어 놓고 바깥 소리에 귀를 기울였다. 현관문은 영영 열리지 않았다. 오후가 되어 미리 골라 둔 옷을 입고 신발을 신을 때까지 언니는 돌아오지 않았다.

아쿠아리움의 마지막 홀에는 상어 한 마리가 있었다. 좁은 수조 속을 홀로 헤엄치는 모습이 꼭 나 같았다. 이제 그만 나가려는데 언니가 뛰어왔다. 언니는 반쯤 넋이 나가 있었다. 나는 일부러 언니를 등지고 섰다. 하루 종일 눈길조차 주지 않겠다고 마음먹었다. 등 너머에 있는 사람이 한없이 낯설게 느껴졌다.

엄마가 왜 늦었냐고 물었지만 언니는 이상한 말만 중얼거렸다.

"내가 무슨 짓을 한 건지 모르겠어."

언니는 집으로 돌아가는 내내 한 마디도 하지 않았다. 꽁해 있는 언니를 이해할 수 없었다. 화를 내야 할 건 나인데. 방문 앞에서 언니가 나를 돌아보았다.

"너는 어떤 도시에서 살고 싶어?"

"내가 어떻게 알아."

나는 쾅, 문을 닫았다. 곧이어 언니 방 문이 닫히는 소리가 들렸다.

이게 마지막이라니. 나는 그즈음의 언니에 대해 아는 게 거의 없었다. 제멋대로인 언니가 무진장 미웠던 기억뿐이다. 곰곰이 지난날을 되짚어 보았다. 언니가 갑자기 바빠진 건 시스템에서 집행자를 맡게 된 탓이었다. 더는 잡일을 하지 않고, 언니가 직접 수식을 집어넣어 도시에 건물을 세우거나 위험한 것들을 삭제한다고 했다.

어쩌면 내가 보았던 공백들은 시스템에서 삭제된 것일지도 모른다. 버스에 치이는 건 위험한 일이니까. 체리핑크의 짧은 옷이 문제가 되었을지도 모른다. 학교에서는 노출이 심한 옷을 입으면 안 된다고 가르치니까. 그렇다면 언니도 삭제된 것일지도 몰랐다.

언니는 정말 완전히 삭제되었을까? 삭제된다는 건 뭘까? 죽음 같은 건가. 문득 언니와 이전에 나누던 대화가 머릿속을 스쳐 지나갔다.

언니가 수수께끼 같은 질문을 한 적이 있다. 할머니가 돌아가시고 얼마 지나지 않은 날이었다. 우리는 마주 앉아 시리얼을 먹고 있었다. 문득 언니가 고개를 들었다.

"재아야, 죽으면 어떻게 되는지 알아?"

"사라지는 거지."

사람들은 죽음을 다양한 방식으로 표현했다. 밤하늘에 빛나는 별이 되는 거다, 아주 먼 곳으로 여행을 떠나는 거다, 두 번째 삶이 시작되는 거다……. 어느 쪽이든 죽음은 사라지는 일이었다.

"어떻게 사라지는지도 알아?"

어깨를 으쓱하고 마저 시리얼을 밀어 넣는 내게 언니는 이렇게 말했다. 누군가 깔끔하게 도려내듯이 내 존재가 지워지는 거라고. 내 입으로 사라지는 시리얼처럼 '0'에서 'null'이 되는 거라고. 적어도 이 도시에선 그렇다고.

"그게 어떻게 그렇게 돼?"

언니가 눈을 치켜떴다. 나는 시리얼을 마저 씹어 삼키고 이어 말했다.

"난 이 시리얼이 바삭했다가, 눅눅해졌다가, 내 입 속에서 아주 맛있게 먹혔다는 걸 아는데."

"그래도 사라졌잖아."

"존재하지도 않는 null이 되는 건 아니지. 할머니도 그래. 우린 다 기억하잖아."

나는 할머니에 대해 기억나는 것들을 닥치는 대로 말하기 시작했다. 식물이 가득한 방에서 커피를 내려 마시는 걸 좋아했다는 것과, 우리가 할머니 댁에 놀러 가면 직접 구운 초

콜릿 쿠키를 주셨던 것까지. 물끄러미 나를 쳐다보던 언니가 입을 열었다.

"그렇네."

언니는 빈 그릇에 시리얼을 다시 채웠다. 우유를 시리얼이 촉촉해질 때까지 부었다.

"네가 나를 기억하면 되겠다."

그때 나는 언니가 언제나처럼 이상한 소리를 한다고 생각했다. 그래서 그냥 눈을 커다랗게 뜨고 언니를 보기만 했다. 언니는 그새 비어 버린 우유갑을 납작하게 접어 휴지통에 집어넣었다.

"그럼 넌 또 내 방 문을 멋대로 열겠지?"

언니가 씩 웃으며 우유갑을 휴지통에서 도로 꺼냈다.

알겠다. 언니는 말끔히 사라지지 않았다. 언니가 있었다는 걸 내가 알았다. 그리고 이제, 내가 언니의 방 문을 열심히 두드릴 차례였다.

언니의 방 앞에 서서 심호흡을 했다. 공백 위에 손을 가져다 대자 표면이 일렁이더니 단단한 나무문이 만져졌다. 손잡이를 돌려 보았다. 문은 잠겨 있지 않았다. 조심스럽게 문 안쪽으로 발을 옮겼다.

짭짤한 냄새가 났다. 흰 모래사장이 끝도 없이 펼쳐져 있었다. 주위를 둘러볼 새도 없이 저 멀리서 집채만 한 흰 파도가 나를 집어삼킬 듯 다가왔다. 쿵. 문이 닫히는 소리와 함께 파도는 다시 사그라들었다.

이곳의 바다는 도시의 외곽에 있는 푸른 바다와는 딴판이었다. 색을 전부 빼앗겨 버린 것처럼 창백해 모래사장과 잘 구분이 되지 않았다. 작은 문 안에 담겨 있었다고는 믿기지 않을 만큼 광활한 풍경이었다. 여기에 정말 언니가 있을까.

무작정 모래사장을 걸었다. 사람도, 이정표 하나도 없었다. 부드러운 모래가 발을 감쌌다. 수면은 일정한 속도로 일렁이고 있었다. 저 앞에서 한 아이가 파도 사이로 쑥 고개를 내밀었다. 열 살쯤 되었을까? 짧은 머리카락을 대충 훌훌 털더니 나를 보고 눈이 휘둥그레져선 입을 벌렸다.

"알록달록하다."

아이의 몸은 온통 새하얬다. 걸친 옷도 마찬가지였다. 하필 노란 잠옷을 입고 와 내가 더 튀어 보였다. 아이는 자신을 '하루'라고 소개했다.

"이렇게 알록달록하게 온 사람은 처음 봐요."

나는 하루에게 이곳이 어딘지 물었다. 하루가 턱을 치켜 올리더니 입을 열었다. 그 으스대는 모습이 꼭 언니를 닮아서, 나는 열심히 웃음을 참아야 했다.

"저는 하얀 파도의 방이라고 불러요."

하루가 모래사장 위에 자리를 잡고 앉더니 옆자리를 툭툭 두드렸다. 새로 온 사람이라면 들어야 할 이야기가 많다고 했다. 나는 하루 옆에 쪼그려 앉았다. 까끌까끌한 모래가 만져졌다. 하루는 오래전에 이곳에 왔다고 했다. 어떻게 왔는지 묻자 하루는 어깨를 으쓱했다.

"언니랑 비슷할걸요? 나도 정신 차리고 보니 여기였어요. 도시 남쪽 끝에 있는 동네 알아요? 무진장 넓은 들판 있는 곳이요. 우리 집은 그 근처였어요. 그날도 학교 갔다가 집으로 돌아오고 있었어요. 들판을 가로질러서요. 그런데 저 멀리서 빨간 글자들이 잔뜩 몰려오는 거예요. 소용돌이 모양으로요. 그게 자꾸자꾸 가까워지더니 나를 집어삼켰어요. 그다음부터 기억나는 건 온통 이 하얀 파도뿐이에요."

이야기를 마친 하루는 어딘가 시무룩해 보였다. 나는 고개를 갸웃했다. 하루가 이야기하는 빨간 글자들이 무엇인지 감이 잡히지 않았다. 비슷한 이야기조차 들어 본 적 없었다. 아무리 남쪽 끝에서 벌어진 일이라도 그 정도 일이면 한 번쯤 뉴스에 나왔을 텐데 말이다.

"미리 말해 주는 건데, 돌아가는 건 꿈도 꾸지 마요. 어차피 못 가니까."

처음에는 하루도 이 하얀 방 바깥으로 나가려고 했단다. 파도를 거슬러 올라가 백사장으로 나오는 데까지는 성공했지만, 어느 쪽으로 걸어도 흰 벽에 가로막혔다. 조잘대던 하루가 나를 홱 돌아보았다.

"모래까지는 어떻게 나왔어요? 바닷속에서 올라오기 쉽지 않았을 텐데."

"그냥 저기서 나오니까 있던데."

나는 흰 벽에 나 있는 문을 가리켰다. 하루가 고개를 갸우뚱하더니 눈가를 두어 번 문질렀다.

"저기 어디요?"

하루의 눈에는 문이 보이지 않는 모양이었다. 저기 문이 있다고, 문을 열고 왔다고 말하자 하루가 소리를 질렀다.

"그러니까 지금, 밖에서 왔다고요?"

하루가 얼빠진 표정으로 나를 쳐다보았다. 내가 고개를 끄덕이자, 하루는 비명을 질렀다. 모래 위를 폴짝폴짝 뛰다가, 믿기지 않는다는 듯이 입을 쩍 벌렸다.

"그럼 나갈 수 있죠?"

"일단 문은 보여."

정말 나갈 수 있는지는 나도 몰랐다. 그러나 하루는 이미 한껏 들떠 있었다. 내 옆에 딱 달라붙더니 왜 왔는지 물었다.

"찾을 사람이 있어."

언니의 이름을 들은 하루는 고개를 갸웃했다. 처음 들어 보는 이름이라고 했다. 하루는 잠시 고민하더니, 찾으면 돌아갈 거냐고 물었다. 나는 고개를 끄덕였다.

"나도 데려가 줘요. 그럼 내가 안을 보여 줄게요."

하루가 새끼손가락을 내밀었다. 나는 손을 내밀다 말고 멈칫했다. 하루의 새끼손가락 첫 마디가 뿌연 구름처럼 일렁이고 있었다.

"시간이 많이 지나서 그래요."

하루가 황급히 손을 뒤로 숨겼다. 다들 이렇게 조금씩 기억 조각으로 나뉘다가 어느 순간 완전히 안개처럼 변해 버린다고 했다. 나는 하루에게 손을 뻗었다. 하루가 쭈뼛거리며 슬그머니 새끼손가락을 다시 내밀었다. 나는 하루의 조그마한 새끼손가락에 내 손가락을 걸었다. 첫 마디를 건들지 않으려고 노력하면서.

하루는 내 손을 쥔 채 그대로 바닷속으로 미끄러지듯 들어갔다. 파도가 얼굴을 덮치는 순간 나는 재빨리 눈을 꽉 감았다. 물이 콧속으로 밀려들었다. 그런데 전혀 맵지 않았다. 눈을 슬며시 떴다. 눈이 따끔거리지도, 숨이 가쁘지도 않았다. 모든 게 그대로였다.

하루가 저 앞에서 손짓하고 있었다. 물살을 거슬러 하루를 향해 나아갔다. 하루는 깊이, 더 깊이 들어갔다. 하얀 옷을 입은 사람들이 지나가며 나를 흘끗 쳐다보았다. 하루가 다들 도시에서 온 사람들이라고 귀띔해 주었다. 때때로 거꾸로 뒤집혀 수면에 매달린 건물들도, 가로로 누운 채 물속을 떠다니는 건물도 있었다.

종잇조각 하나가 얼굴에 들러붙었다. 작은 글씨로 16이라고 적혀 있었다. 글씨체가 익숙했다. 달력이다. 그제야 보이지 않았던 것들이 보였다. 구령대와 1학년 3반 교실.

"혹시 체리핑크도 여기 있어?"

하루가 눈을 커다랗게 떴다.

"맞아요! 어떻게 알았어요?"

"밖에서 체리핑크가 사라졌거든."

하루가 보여 줄 것이 있다며 손짓했다. 가까운 곳에 체리핑크 팬의 기억이 있다고 했다. 하루를 따라 간 곳에는 희끄무레한 덩어리 같은 것이 떠 있었다. 저게 기억이라고 했다. 덩어리는 언니의 방 문에 있던 그 안개와 닮아 있었다. 하루의 새끼손가락 첫 마디와는 다르게 제대로 만져지지도 않았다. 나는 덩어리 안으로 고개를 집어넣었다.

언니들이 돌아왔다. 이게 도대체 얼마만의 컴백인지!

하루가 나를 뒤로 잡아당겼다. 롤러코스터를 다섯 번은 탄 것처럼 속이 메슥거렸다. 조금 전 그 장면은 뭐지? 확실히 언니의 방 앞에서 기억을 되찾았을 때와 비슷한 느낌이었다. 그런데 남의 기억인데도 마치 내가 겪은 일인 것처럼, 응원봉을 든 내가 화면 앞에 바싹 붙어 앉아 있었다. 하루가 내 등을 두드려 주었다.

우리는 그 후로도 바닷속을 한참 동안 헤맸다. 언니는 좀처럼 보이질 않았다. 그만 돌아가자는 하루를 뒤로하고 더 깊은 곳으로 잠수해 들어갔다. 어느 순간부터는 건물도 보이지 않았다. 이따금 벽돌 두어 개가 떠다닐 뿐이었다.

"돌아와요!"

하루의 외침이 들렸지만 나는 멈추지 않았다. 조금만 더. 한 뼘만 더. 저 멀리 희미하게 형체가 보였다. 가까워질수록 윤곽이 점점 선명해졌다. 가장 깊숙한 곳에 내가 아는 낡은 문이 있었다. 녹이 슨 손잡이를 단단히 잡고 돌렸다.

방은 언니가 쓰던 모습 그대로였다. 삭제 버튼이 닳은 언니의 키보드와 해진 이불이 있었다. 희뿌연 그림자 같은 무언가가 책상 옆에 웅크리고 있었다. 그건…… 언니였다.

"시간이 많이 지나서 이제 기억 조각으로 나뉘고 있는 거예요."

하루가 침울한 목소리로 말했다. 나는 조심스럽게 구름처럼 변한 언니를 만져 보았다. 아직은 솜처럼 뭉쳐 있기는 했지만, 조금만 힘을 주어도 흩어질 것 같았다.

"내가 너무 늦은 걸까?"

내 목소리가 덜덜 떨렸다. 하루가 조그만 손으로 내 등을 토닥여 주었다. 나는 언니를 천천히 안았다. 언니의 기억이 뒤죽박죽으로 밀려들었다.

컴퓨터 화면에 새빨간 오류 표시가 떠 있었다. 나는 화면 오른쪽 밑의 날짜를 확인했다. 1년 전 우리의 생일날이었다. 내 손이 제멋대로 움직이더니 오류 표시를 확대했다. 그건 언뜻 보아서는 붉은 회오리 모양 같았다. 한 번 더 화면을 확대했다. 그냥 회오리가 아니었다. 빨간 글씨로 쓰인 수식 덩어리였다.

'이건…… 진짜 시스템 오류잖아.'

언니의 생각이 내 머릿속에 울렸다. 붉은 회오리는 이미 도심으로 움직이며 사람들을 휘감고 있었다. 내 손이 삭제

버튼 위에 닿았다.

‘그래도 지워야 돼.’

내 손가락이 버튼을 꾹 눌렀다. 순식간에 화면에서 붉은 부분들이 사라졌다. 통계창이 떴다. 삭제된 사람만 백 명이 넘었다.

장면이 바뀌었다. 정장을 입은 남자가 언니를 내려다보고 있었다. 내 입이 열리더니 말이 튀어나왔다.

“그날 하루를 통째로 지우라니요.”

남자가 한숨을 내쉬며 말했다.

“목격자 기억을 일일이 지울 수도 없잖아.”

“이건 도시의 오류가 아니라 시스템의 오류잖아요.”

정장을 입은 사람이 눈썹을 치켜올렸다. 내 입이 조용히 다물렸다.

그다음 장면은 아쿠아리움이었다. 언니의 시야는 온통 하얬다. 거대한 수족관에서 내가 본 것은 상어 한 마리였는데, 언니는 다른 세 마리의 흰 상어를 더 보고 있었다.

장면이 또 바뀌었다. 언니는 책상에 앉아 코드를 입력하고 있었다. 그건 삭제된 데이터를 도시 밖 공간에 자동 백업하는 수식이었다. 수식을 입력하자 새빨간 오류 표시가 화면 가득 떴다. 언니가 재빨리 하나의 코드를 더 입력했다. 삽

입 위치는 유재아. 나였다. 언니의 시야에 마지막으로 보인 것은 악성 코드를 입력해 '위험 인물'로 인식된 유희지가 즉시 삭제 처리된다는 메시지였다.

정신을 차리자 하루의 커다란 눈동자가 보였다. 하루가 내 얼굴을 닿을 듯 가까이 들여다보고 있었다. 하루의 얼굴은 눈물범벅이었다. 하루가 내 잠옷을 잡아당겼다.

"여기에 너무 오래 있어서 그런가 봐요."

내 노란 잠옷이 흰 물감을 섞은 듯 옅은 상아색으로 변해 있었다. 하루는 발을 동동 굴렀다.

"이러다 못 돌아가면 어떡해요."

나는 언니를 물끄러미 바라보았다. 언니는 이미 손을 잡을 수도, 일으켜 세울 수도 없는 상태였다. 울음을 꾹 참았다. 똑똑한 척은 혼자 다 하고 살았으면서. 나는 언니의 방을 한 바퀴 둘러보았다. 책상 위에 낯익은 우유갑 하나가 보였다. 나는 납작하게 접힌 우유갑을 들고 하루의 손을 잡았다.

"이거면 돼."

우리는 수면 위로 향했다. 모래사장에 닿을 때까지 하루는 내게 말을 걸지 않았다. 이따금 나를 쳐다보며 내 표정을 살필 뿐이었다. 모래사장 끝에는 다행히 아직 문이 남아 있었다. 나는 문을 향해 앞장서 걸었다. 뒤따라오던 하루가 물었다.

"다들 나를 기다리고 있을까요?"

나는 사라진 사람들을 떠올려 보았다. 도시의 사람들도 떠올려 보았다. 엄마의 텅 빈 눈동자가 머릿속에 맴돌았다. 나는 애써 웃었다.

"그럼. 나도 언니를 기억하잖아."

문고리에 손을 얹었다. 천천히 손잡이를 돌렸다. 문이 열리자 잔잔했던 수면에 파동이 일기 시작했다. 저 멀리, 휴지통 안쪽에서 거대한 해일이 밀려오는 게 보였다. 나는 문을 더 활짝 열었다. 창백한 파도가 하늘에 닿을 듯 부풀었다. 하루가 내 손을 붙잡았다. 나도 하루의 손을 꼭 쥐었다. 곧이어 몸이 물살에 휩쓸리며 둥실 떠올랐다. 파도가 순식간에 문을 덮쳤다. 흰 포말이 도시 곳곳에 스며들기 시작했다. 희뿌연 기억들이 하나둘씩 문 사이로 빠져나가 조금씩 단단해지는 모습을, 나는 분명히 보았다.

제8회 한낙원과학소설상 가작

복도에서 기다릴 테니까

연여름

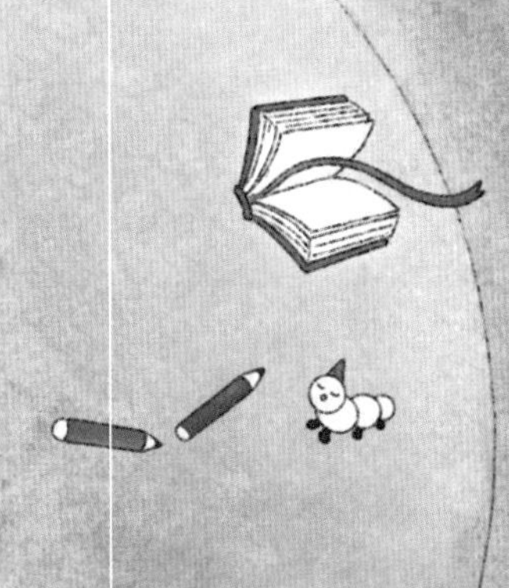

교실에 남은 의자는 없었다.

준희는 머리보다 조금 위 오른쪽에 희미하게 떠 있는 '백팩' 버튼을 눌렀다. 버튼이 순간 선명해지며 메뉴가 세로로 주욱 늘어졌다. 교과서, 과제, 상담, 알림에 이어 가장 아래에 있는 '쿠폰'을 터치했다.

지금까지 모은 쿠폰은 모두 열네 장. 수업이 시작된 뒤에 새 의자를 얻기 위해서는 열다섯 장이 필요한데 하나가 부족했다.

오늘은 자리에 앉을 수 없을 것 같다. 정시에 수업 알림이 울리고 나면 로그인되지 않은 의자는 자동으로 삭제된다. 새 자리 생성은 다음 교시까지 기다려야 한다.

"이준희, 또 지각이야."

본문을 읽던 국어 선생님이 준희에게 경고했다. 하지만 관심도 무관심도 아닌 어정쩡한 시선과 목소리다. 선생님뿐만 아니라 사실 학교 안 '소나'인 상태로는 누구나 표정이 대체로 그렇다. 애들은 그걸 '중립 먹었다'고 한다. 이도 저도, 뭣도 아닌 상태라고.

2042년 현재, 모든 학교는 소나 시스템을 쓴다. 걷거나 차를 타고 등교하지 않고 각자의 방에서 고글형 단말기를 쓰고 시스템에 접속한다. 두툼한 고글의 두께 때문에 처음엔 불투명하기만 하던 시야에 등교 로그인을 하는 순간 화창한 날씨를 배경으로 하는 백연 중학교의 교문 앞 풍경이 펼쳐진다.

실제로 준희는 청바지와 면 티셔츠 차림이지만, 학교에 접속한 준희의 소나는 푸른색 체크무늬의 교복을 입고 있다. 한 번도 닦은 적 없는 구두도 소나 시스템 안에서는 햇빛에 두 앞코가 반짝인다. 반 선택 창에서 3학년 5반을 터치하면 배경은 순간이동 하듯 교실로 변한다.

이런 방식의 등교라면 지각은 불가능할 것 같지만 그렇지도 않다. 준희가 그 증거다. 간혹 아침 일찍부터 게임을 하거나 콘서트 영상을 보다가 등교 접속 시간을 깜빡하곤 한다.

"죄송해요."

작게 대답하며 준희는 교실 뒤편에 섰다. 지각하면 그 수업은 선 채로 들어야 한다. 모자란 건 겨우 쿠폰 한 장일 뿐인데.

누군가 한 장쯤 버리는 셈치고 보내 줄 수 있을 텐데 애들은 모두 수업에 집중하는 듯 등만 보이고 있다. 수업 시간에 쿠폰 전송은 금지되어 있지만 그렇다고 아예 불가능한 것도 아니다. 그러니까, 별로 주고 싶지 않은 것이다.

사실 준희는 지금까지 반 애들과 쿠폰 교환을 해 본 적이 없다. 친구라고 부를 만한 애가 없기 때문이다. 괴롭히는 애가 있는 건 아니지만 그렇다고 친한 애도 없다.

준희는 긴 45분을 보내야 했다.

아무리 소나라고 해도 다리는 아프다. 실제로 발을 딛고 있는 곳은 가상의 교실 아닌 내 방이지만 어쨌든 몸이 서 있는 건 똑같다.

우리나라 공통 교육 제도이자 지금의 학교, '소나 시스템'의 소나는 한자와 우리말의 합성어다. 소통할 소(疏)에 '나는 이준희입니다' 할 때의 나. 내가 어디에 있든지 누구든지, 공간을 훌쩍 뛰어넘어 소통하며 배우는 곳이라는 뜻이다.

이 시스템은 차별 없고 안전한 학교 교육을 위해 최초로 만들어졌지만, 그다음에는 회사 업무, 여행, 친목 모임, 게임 등으로 무궁무진 뻗어 나갔다. 각각의 전용 고글만 가지고 있으면 언제 어디서든 다 함께 모일 수 있다. 그리고 거기에 로그인한 사람들을 언젠가부터 모두 '소나'라고 부르게 되었다. 꼭 학교가 아니더라도.

하지만 준희는 그 뜻을 알고 난 후에도 자신과는 특별히 상관없는 단어로 생각했다. 절친 하나 없는 처지에 소통이라는 단어는 한 번도 어울린 적 없었다.

1교시가 끝나자마자 준희는 복도로 공간이동 했다. 쉬는 시간에는 잠시 접속을 차단하고 고글을 벗어도 되지만 그러다가 또 주의를 놓쳐서 지각하고 싶지는 않았다.

쉬는 시간에 여분의 자리가 다시 만들어질 거다. 수업 시작 2, 3분 전에 교실 공간에 입장하면 2교시부터는 앉아서 들을 수 있다.

학교의 바깥 풍경은 현실의 동시간대 계절과 날씨를 흉내낸다. 현실에서 비가 오면 여기서도 비가 쏟아지고, 눈이 오면 눈이 내린다.

2학기가 시작되고 얼마 안 된 9월. 오늘은 늦여름이라 하기도 초가을이라 하기도 애매한 날이다. 창밖으로 푸른 하늘이 높게 펼쳐져 있다. 구름도 거의 보이지 않아 하늘의 색이 유난히 쨍하다.

진짜 집에서는 창밖을 잘 내다보지도 않는데, 학교 안에서 준희는 매일 복도 창가에 서서 바깥을 내다본다. 사람을 마주 보기보다 풍경을 바라보는 게 더 편해서 그렇다.

게다가 여기에 설정된 배경이 비현실적으로 아름다운 탓도 있다. 오늘같이 청명한 푸른빛 하늘도 현실에서보다 훨씬 더 맑고 반짝인다. 이렇게 혼자 먼 곳을 바라보고 있으면 여기가 학교라기보다는 게임 속 어딘가에서 잠시 쉬는 것 같기도 하다. 쓸쓸함이 조금이나마 덜해진다.

준희는 나중에 시스템 속 이런 배경을 만드는 디자이너가 되고 싶다. 온갖 개성으로 반짝거리는 소나들보다 배경을 더 세심히 돌보는 일을 하고 싶다.

"저, 갑자기 미안한데……."

오늘 하늘 색깔의 컬러 코드는 뭘까 생각하는데 두 걸음쯤 떨어진 곳에서 낯선 목소리가 들렸다. 모르는 애가 쭈뼛거리며 말을 걸어왔다.

같은 교복에 어깨에 닿을락 말락 하는 단발머리. 다른 애들과 특별히 구분되는 특징은 없었는데 웬만해서는 중립 먹은 표정을 하고 있는 소나들과는 다르게 조금 솔직한 표정을 가진 애였다. 다름 아닌 잔뜩 망설이는 표정이 그랬다.

"나는…… 7반이거든."

"근데?"

준희는 중립 먹은 표정으로 물었다. 그렇게 말하지 않아도 이 소나의 얼굴 옆에 뜬 전자 명찰에 학년, 반, 이름이 쓰여 있다. 3학년 7반 나연우.

이름을 확인하자마자 화면 위쪽에 '2교시 5분 전'이라는 푸시 알림이 반짝였다. 긴 이야기는 못 나누겠다고 생각했다. 연우도 덩달아 마음이 급해졌는지 이렇게 말했다.

"혹시…… 남는 쿠폰 하나 있어?"

"쿠폰?"

"응."

"왜?"

쿠폰 한 장 때문에 씁쓸한 1교시를 보냈던 준희다. 남는 쿠폰 따위는 없지만 왜인지 조금 툴툴거리고 싶어져서 괜히 차갑게 물었다.

"좀 부족해서……."

고작 그렇게 말하고 연우는 제 손끝을 서로 만지작거렸다. 뭉툭하게 생긴, 그다지 예쁘지는 않은 손이다.

모든 소나는 실제 생김새를 기본으로 시스템에 접속하게 된다. 소나가 일반화되면서 익명성을 악용하지 못하도록 법으로 규제되었다. 대신 다양한 유료 결제 옵션을 이용해 소나를 취향에 맞게 꾸밀 수는 있다. 현실에서 옷을 사거나 미용실에 가는 것과 비슷하다. 높은 가격의 옵션에는 성형수술이나 다이어트도 있다.

그러나 학교 소나 시스템에는 꾸밈 옵션이 전혀 없다. 소소하게 표정 필터, 메이크업 필터를 씌울 수도 없고 사복도 입을 수 없다. 공공 교육 시스템이라는 이유라고 해도 애들의 불만은 늘 있다. 적어도 가벼운 메이크업이나 염색 정도의 옵션은 있으면 좋겠다고 말이다.

아무튼 이제 시간이 정말로 없었다.

"없어. 1교시 지각해서 의자 생성하느라 다 털었거든."

준희는 아무렇지 않은 얼굴로 거짓말을 했다. 진실인지 아닌지 연우는 알 수 없다. 다른 사람의 백팩은 엿볼 수 없으니까, 그 안에 쿠폰이 몇 장 들어 있는지는 자기밖엔 모른다. 서로 알 수 있는 건 학년, 반과 이름뿐이다.

"……그렇구나."

더는 말을 건네지 않고 준희는 5반 교실로 공간이동 했다. 마지막 줄에 빈 책상과 의자가 생성되어 있었다. 얼른 출석 체크를 하고 자리에 앉았다.

복도 쪽 창을 슬쩍 곁눈질해 보자 연우는 5반 앞을 맥없이 지나치고 있었다.

한 장 정도는 줄 걸 그랬나. 열세 장이나 열네 장이나 어차피 큰 차이 없는데.

뒤늦게 좀 가엾다는 마음이 들었지만 어차피 모르는 애고 어디에 쓰려던 건지도 알 수 없으니 준희는 더 이상 깊이 생각하지 않기로 했다.

그날의 남은 수업은 모두 앉아서 들었다. 언제나처럼 다른 애들과 아무 얘기도 나누지 않은 하루였다.

그러나 학교에서 로그아웃한 뒤에도 연우의 "그렇구나."라는 목소리는 귓가에 오래 남아 있었다. 주눅 들어 작은 소리였어도 어쩐지 잘 안 잊히는 목소리였다.

연우를 다시 만난 건 의외의 장소였다.

게임을 하거나 음악을 듣거나 공연을 즐길 수 있는 '엔터에브리'는 준희가 하루도 빠지지 않고 접속하는 시스템이다. 거기서 연우를 만났다. 다름 아닌 올리브의 콘서트장 앞에서.

올리브는 원래 유명한 싱어송라이터였는데 작년 비행기 사고로 목숨을 잃고 말았다. 하지만 소속사에서는 슬픔에 빠진 팬들을 위해 올리브를 다시 부활시켰다. 바로 눈앞에 생생히 살아 있는 영원한 소나로.

준희는 올리브의 팬이다. 다른 아이돌에 비해 크게 인기 많은 가수는 아니어도, 기타를 치면서 눈을 감고 울림이 좋은 목소리로 노래하는 그를 보면 준희는 가슴이 뛴다. 노래 가사도 하나같이 다정하고 그림 같았다. 비록 올리브가 세상을 떠난 뒤에 팬이 된 건 조금 아쉽지만, 늦게나마 소나로라도 알게 되어 다행이라고 생각한다.

올리브의 콘서트장에는 대체로 준희 또래보다 어른들이 훨씬 많다. 그래서 키도 덩치도 비슷한 연우의 소나가 더 눈에 띄었는지도 모르겠다.

연우는 콘서트장 입구 패널에 흐르고 있는 올리브의 영상을 보며 그 멜로디를 따라 흥얼거리는 중이었다. 학교와는 다르게 명찰이 곁에 떠 있지 않아 처음엔 긴가민가했으나 아무리 들어도 그 목소리가 맞았다. 이번에는 준희가 먼저 말을 걸었다.

"너, 7반 애 맞지?"

사실 이름도 기억했지만 그냥 그렇게 물었다. 노래가 뚝 그쳤다.

"어, 어……."

연우는 오늘도 중립은 없는 당황스러운 표정이었다. 준희를 바로 못 알아본 듯했다. 그럴 만도 했다. 여기에서는 무료로 제공받는 메이크업 필터를 최대한 이용했고, 거기에 큰

맘 먹고 유료 결제한 '파스텔 미소' 필터도 씌웠기 때문이다. 그에 반해 연우는 교복만 아닐 뿐 학교에서의 모습과 완전히 똑같았다.

연우는 준희를 한참이나 응시한 다음에야 얼마 전 복도에서 말을 걸었던 그 애라는 걸 알아챘다.

"올리브 보러 왔어?"

준희가 묻자 연우는 고개를 끄덕였다.

"우리 학교에서 올리브 팬 처음 본다."

"……그래?"

"응. 소나돌은 별로 인기 없잖아."

좋아하는 가수만큼은 고글을 벗고 실제 현장에 가서 보고 들어야 한다는 것이 또래들 사이의 암묵적인 규칙이었다. 콘서트뿐만이 아니다. 어떤 이유로든 그렇게 학교 밖에서 실제로 만나야 진짜 절친으로 발전한다. 요즘 학생들은 두 가지 사회생활에 모두 적응해야 한다. 소나 시스템 안에서, 그리고 바깥의 현실에서.

그러나 준희는 좋아하는 가수마저 소나돌이라 집 밖에 나갈 일이 많지 않았다.

"사실 나는 올리브가 살아 있을 때 콘서트 본 적 있어."

뜻밖의 사실을 연우가 털어놓았다. 수줍은 빛은 그대로지만 약간 상기된 표정이었다. 좋아하는 것에 대해 말할 때 누구나 그런 것처럼.

그 말을 듣자 준희도 흥분하지 않을 수 없었다.

“헉. 진짜? 정말로?”

“두 달을 졸랐더니 아빠가 데려가 주셨어.”

“대박!”

“응. 정말 다행이라고 생각해.”

그날을 떠올리면 아무리 힘들 때도 조금은 힘이 나, 기억이라는 건 정말 굉장해, 하고 연우가 한마디 더 보탰다. 준희도 그 마음은 충분히 알 것 같았다. 올리브의 팬이 된 이래 내내 후회하고 있는 지점이었다.

아, 조금만 더 일찍 올리브를 알았더라면. 그 목소리를 시스템 바깥에서 들을 수 있었다면 얼마나 행복했을까.

“……저, 같이 체크인할래?”

한참 부러움에 휩싸여 있는 준희에게 연우가 물었다. 쿠폰이 있느냐고 물었던 그때만큼이나 긴장한 얼굴이었다. 연우는 어떤 시스템에서도 이렇게 수줍음이 많을 것 같았다. 그럴 필요 없는데.

준희는 처음부터 같이 체크인할 생각으로 말을 걸었다. 당연히 응, 하고 대답하려고 했는데 왜인지 목소리가 나가지 않았다.

아니, 정확하게는 소나의 음성이 아닌 실제 준희의 목소리만 방에 울렸다. 콘서트장 앞 배경도 사라졌고 준희 혼자 제 방에 덩그러니 남았다. 이윽고 엄마의 목소리가 들렸다.

"이준희. 약속은 잘 지키기로 했잖아."

"아, 엄마!"

이렇게 갑자기 접속을 끊으면 어떡해! 준희는 짜증을 내며 고글을 벗었다. 외출 준비를 끝낸 엄마가 중립 먹은 표정으로 준희를 바라보고 있었다. 그제야 준희는 오늘이 콘서트 날이기 전에 토요일이라는 사실을 퍼뜩 떠올렸다. 엄마는 휴일도 거의 없이 바쁜 대기업 소속 단말기 수리 기사라 같은 집에 살아도 얼굴 보기가 힘들다. 이러다 유일한 가족끼리 실제 얼굴도 까먹겠다며 매월 마지막 주 토요일 저녁은 꼭 함께 먹자고 규칙을 정했다.

오늘은 올리브 콘서트 때문에 까맣게 잊고 말았다. 엄마와의 약속을 잊은 건 물론 미안하다. 그래도 연우와 중요한 대화 중이었는데 보호자 비상 종료는 너무했다.

"한 달에 한 번 얼굴 보고 밥 먹는 거 안 어렵다고 한 건 준희 너야. 얼른 준비하고 나와. 예약 시간 늦을라."

엄마는 화는 내지 않고 타이르듯 말하고는 준희의 방을

나갔다. 준희는 한숨을 지었다.

애써 모은 용돈으로 결제한 티켓이 날아간 건 속상하지만, 사실 올리브의 콘서트는 다음 주에도 한 번 더 있어서 그렇게까지 아쉽진 않았다. 올리브는 이제 나이 먹지 않는 그대로 늘 거기에 있다.

마음에 걸리는 건 연우다. 순식간에 준희의 소나가 증발해 버렸으니 얼마나 당황했을까. 화가 나진 않았을까. 마음이 착잡했다.

아니나 다를까, 학교에서 연우를 만나기는 하늘의 별 따기였다.

복도에서 우연히 마주칠까 기다렸지만 소용이 없어서 7반 교실 앞까지 찾아가 안을 슬쩍 들여다보기도 했는데 연우는 안 보였다.

어느 반이든 교실로 입장하려면 공간이동을 시도해야 한다. 그럼 너무 눈에 띌 거 같아서 막 교실에서 복도로 이동한 7반 애에게 물었다.

"나연우라는 애 있어?"

"헐, 나연우도 찾는 사람이 있네."

그 애는 입을 삐죽이며 말했다. 거기에 힌트가 있었다. 연우도 준희처럼 절친이란 존재가 없는 애라는. 어쩐지 준희는 발끈하고 싶었지만 같은 반 애도 아니니 그럴 필요까진 없을 거 같았다.

중요한 건 연우에게 사과하는 거였다. 그날 갑자기 사라져서 미안하다고.

그 애가 말을 이었다.

"걘 보통 쉬는 시간에 접속 끊었다가 수업 직전에 재로그인해."

"왜?"

쉬는 시간은 고작 10분인데 번번이 로그아웃을 하는 건 꽤 귀찮은 일이다. 준희 역시 쉬는 시간을 즐겁게 보낼 절친은 없어도 그렇게까지는 안 한다. 7반 애는 냉랭하게 되받아쳤다.

"내가 어떻게 알아?"

이 이유를 아는 데는 제법 시간이 걸렸다.

다음 주, 다시 찾은 올리브 콘서트에서 준희는 샅샅이 연우를 찾아보았다. 우연히 또래 소나를 마주치면 가까이 다가가 보기도 했다. 만약에라도 알아볼 수 없을 만큼의 유료 필터를 장착하지 않은 이상 그 애를 찾지 못할 가능성은 없었다. 나연우는 그 정도로 필터를 사랑할 애 같지도 않았다.

하지만 아무리 찾아도 연우는 어디에도 보이지 않았다. 이쪽 소나의 아이디를 알면 검색해 볼 수 있을 텐데, 그날의 대화는 너무 짧았다. 다시 엄마가 좀 원망스러워졌다.

결국 준희는 연우가 그날 상처받아서 날 상대하기 싫어졌나 보다고 마음을 정리해야 했다.

그사이 계절은 겨울로 달려갔다. 중학교의 마지막 겨울 방학을 한 달 앞둔 날이었다.

겨울은 준희가 가장 좋아하는 계절이다. 소나 시스템 안에 내리는 눈은 티없이 맑고 아름답다. 쉬는 시간에 폴폴 내리는 눈을 보고 있으면 10분은 아쉬울 만큼 빠르게 지나가고 만다.

이제 조금만 더 견디면 이 지겨운 중학교 생활도 끝이다. 고등학교에 가서 모든 걸 새로 시작하면 그때는 절친이란 게 생길지도 모르지, 생각하며 준희는 눈송이를 바라보았다.

그날 점심시간, 준희는 드디어 연우를 만났다.

정확하게는 7반 교실에서 혼자 울고 있는 연우를 준희가 발견한 거지만. 이번에는 적어도 서로 눈이 마주치는 데는 성공했다. 그리고 이야기도 나눌 수 있었다.

"뭐 해. 점심시간인데?"

점심시간, 대부분의 애들은 현실 세계에서 식사를 한다. 로그아웃은 하지 않은 채 고글만 벗어 놓고 자리를 비운 상태인데, 그런 소나는 움직임이 일시 정지된 화면처럼 굳어 있다. 그렇게 굳어 있는 스무 명의 소나들 가운데 연우는 혼자 어깨를 조용히 들썩이고 있었다. 점심시간은 아직 30분도 더 남았다.

준희는 망설임 없이 7반 교실로 공간이동 했다.

"점심 안 먹어?"

준희 역시 점심은 건너뛰고 눈을 구경하던 중이었지만 그렇게 물었다. 연우는 준희의 갑작스러운 등장에 깜짝 놀란 얼굴이었다. 얼른 눈물을 닦으며 자리에서 일어났다. 왜인지 로그아웃할 것 같아서 준희는 당장 백팩부터 열었다. 그리고 쿠폰 한 장을 연우에게 전송했다.

순간 연우의 명찰이 푸르게 반짝이며 가장자리에 1이라는 표시를 띄웠다. 연우는 어리둥절해져 준희를 바라보았다.

이렇게 쪽지를 받은 상태로는 로그아웃할 수 없다. 수락을 하든 거절을 하든, 둘 중 먼저 선택해야 그다음 단계 조작이 가능하다.

"졸업도 얼마 안 남았는데 쿠폰이 좀 쌓여서. 저번에 갑자기 튕긴 것도 사과할 겸. 아, 근데 그건 우리 엄마 잘못이었다고."

그날의 뒤늦은 변명도 보탰다.

쿠폰은 지각이나 결석 없이 일주일 등교를 완료하면 한 장, 매주 과제나 수행 평가를 제대로 수행하면 한 장, 이렇게 쌓인다. 준희는 최근에 지각을 안 해서 여유가 좀 있었다.

"……고마워."

머뭇거리던 연우는 결국 수락 버튼을 눌렀다. 상쾌한 소리와 함께 숫자 1이 연우의 백팩으로 쏙 들어갔다.

"마침 필요했는데."

"어, 정말?"

"응……. 5교시 수학인데 숙제 면제권이 필요해서."

"숙제 면제권?"

숙제 면제권 한 장을 구하려면 쿠폰 스무 장을 써야 한다. 상당히 큰 지출이다. 왜 연우는 숙제를 미리 안 해 둔 걸까 준희는 의아했다. 겉모습으로 사람 판단하기는 금물이지만 숙제를 게을리할 애처럼은 안 보였다.

뭔가 털어놓고 싶은 속내가 있는 듯했다. 다른 소나들은 여전히 멈춰 있었지만 여기서는 왠지 이야기하지 않을 것 같았다. 준희는 연우에게 복도로 가자고 했다.

"숙제를 해킹당했어."

가만가만 내리는 눈을 바라보며 연우가 중얼거렸다.

"누군지는 몰라도 수업 시간 직전에 누가 백팩을 해킹해서 숙제를 지워. 이번 달만 벌써 두 번째야. 비번을 바꿔도 계속 그래."

"뭐?"

"가끔은 쿠폰함도 비어 있어. 뭐…… 우리 반 애들은 다 나를 싫어하니까."

준희는 기가 막혔다. 준희도 비슷한 입장이지만 제겐 그런 일까지는 안 벌어진다. 너무 심한 괴롭힘이다. 그래서 연우는 애들을 피하려고 보통 쉬는 시간에는 로그아웃하고, 애들이 자리를 비우는 점심시간에는 혼자 교실을 지키는 게 일상이라고 했다.

"그럼 그때도……."

처음 연우가 말을 걸던 날이 생각났다. 아직은 하늘이 파랗던 그날. 그날도 연우는 오늘과 똑같이 울 것 같은 표정이었다. 먹먹한 먹구름 같은 표정. 그랬다.

둘은 말없이 창밖의 눈을 오래 바라보았다.

"졸업하면 나아지겠지, 뭐."

한참 후 연우는 아직 물기가 있는 눈으로 애써 미소를 지으며 준희에게 말했다.

"고마워, 쿠폰. 이걸로 어떻게 될 거 같아."

맞아. 나아질 거야, 하는 말이 선뜻 나오지 않았다. 그건 아직 오지 않은 미래고 괴롭고 쓸쓸한 건 바로 지금이다. 완전히 똑같은 아픔은 아니어도 준희도 그걸 모르는 게 아니었다.

복도에 하나둘 다른 애들의 소나가 움직이기 시작했다. 연우는 화들짝 놀랐다.

"너, 나랑 같이 있는 거 다른 애들이 보면 좀 그렇겠다. 먼저 갈게."

그러고는 서둘러 교실로 공간이동 했다.

점심시간은 아직 5분이 남았다.

쿠폰이 더 필요한 건 아닌지 물어볼걸. 뒤늦은 생각이 떠올랐다. 어떻게 될 것 같다고는 했지만 그저 고마움의 표시로 대강 둘러댄 말일 수도 있었다.

쿠폰 스무 장을 채운 걸까? 벌점 받지 않고 수학 시간을 넘어갈 수 있을까?

골똘히 생각하며 준희도 5반 교실로 돌아가 자리에 앉았다. 식사를 마치고 온 애들의 목소리가 점점 교실을 채워 간다. 그중 준희에게 말을 거는 소나는 없다. 이런 하루하루가 익숙했고 언젠가 이것도 끝나겠지 하는 생각으로 3년을 지냈다.

오늘 점심은 뭘 먹었는지, 어젠 엄마와 무슨 일로 다퉜는지, 최근 유행하는 소나 아이템이 뭔지……. 그런 얘기를 끊임없이 나눌 수 있는 그때가 제게도 올 거라고.

언젠가.

그 언젠가가 언제인지는 준희도 알 수 없었지만 말이다.

창밖의 눈송이가 아까보다 훨씬 묵직해졌다. 현실 세계의 바깥도 꽤 차가운 날씨일 것이다.

순간 올리브의 노래 한 소절이 떠올랐다. 제목은 〈입김〉. 그렇게까지 좋아하던 곡은 아닌데 저 풍경 때문이었다.

첫눈이 내리는 날 너를 만나러 갈게
멀리서도 알 수 있을 거야
세상이 차가우면 차가울수록
입김은 따스하게 더 선명한 법이니까

노래 가사가 머릿속에서 계속 맴돌았다. 준희는 눈을 질끈 감고 7반 교실로 공간이동 했다. 모든 소나가 빠짐없이 움직이는 시간에 남의 교실에 들어가기는 처음이었다.

어수선한 시간이라 처음엔 아무도 준희의 등장을 알아채

지 못했다. 하지만 끝자리에 앉은 연우에게 한 걸음씩 다가갈수록 하나둘 준희를 돌아보았다.

연우도 제 앞에 성큼 다가온 준희를 어안이 벙벙해져 올려다보았다.

표정이 왜?라고 묻고 있었다.

"먼저 가면 어떡하냐. 아직 덜 줬는데, 쿠폰."

톡 쏘듯 말하며 준희는 가진 쿠폰 전부를 연우에게 전송했다. 연우의 명찰에 다시 푸른빛이 반짝였다. 반 아이들의 시선이 모두 거기로 집중되었다. 한 번도 들어 본 적 없는 낯선 알림을 처음 경험한 애들처럼.

준희가 보낸 쿠폰이 몇 장이든 한 번에 전송한 것이므로 숫자는 1이었다.

몇 장인지 연우가 확인했는지는 준희도 모른다. 그저 연우의 눈은 아까처럼 다시 그렁그렁해졌고 입가에는 준희만 알아볼 수 있는 옅은 미소가 걸렸다. 받은 쿠폰이 한 장이든 백 장이든 연우의 반응은 똑같았을 것이다. 그것만큼은 분명히 알 수 있었다.

다른 소나들의 수군거림이 들려왔지만 준희는 개의치 않았다.

미래가 어떻게 될지는 몰라도, 적어도 오늘은 아쉬운 기억을 남기고 싶지 않았다. 연우의 말대로 기억이라는 건 정말로 굉장한 거니까.

비록 멀리 떨어져 있어도 기억과 미래는 결국 하나로 이어져 있다. 오늘의 기억이 내년에, 3년 뒤에, 나중에 어른이 되었을 때 무엇으로 남을지 너무나 궁금하기도 했다.

"5교시 알림 울렸는데, 거기 누구죠."

아이들의 소리가 잦아들고 수학 선생님의 음성이 들려왔다. 벌써 오후 수업이 시작이다. 연우의 눈이 동그래졌다.

"너 어떡해."

"괜찮아. 난 원래 상습 지각생이라."

"그래도……."

"나중에 봐. 복도에서 기다릴 테니까."

준희는 연우를 향해 웃으며 5반으로 다시 공간이동 했다.

놀란 눈의 연우는 서서히 희미해지고, 지겹도록 익숙한 5반의 뒷문 입구 풍경이 펼쳐졌다. 이쪽을 신경 쓰지 않는 스무 명의 소나들. 그리고 영어 선생님.

당연히 준희 몫의 의자와 책상은 없었다. 그래도 오늘은 전혀 씁쓸하지 않았다. 오히려 웃음이 났다.

"17번 이준희 지각."

"죄송합니다."

준희는 샐쭉 웃으며 교실 맨 뒤에 섰다. 백팩은 텅 비었지만 그만큼 마음도 가벼웠다. 바깥을 날아다니는 눈송이가 된 것처럼.

"사실 딱 한 장 부족했어."

"말도 안 돼!"

연우의 늦은 고백에 준희는 머리를 감싸 쥐었다. 모든 애들이 보는 앞에서 백팩을 털어 연우에게 주었던 그날. 연우의 쿠폰은 다 합쳐 열아홉 장이 되었다고 한다.

결국 숙제 면제권으로는 못 썼고 쿠폰은 고스란히 남아 있다고 한다. 내일이 졸업식인데. 너무 아쉽다.

"아아, 내가 딱 한 주만 지각을 덜 했으면 됐는데!"

준희가 후회해도 이미 지나간 일이다. 연우는 나지막이 웃었다.

시스템 바깥에서 만나는 연우는 학교에서보다 훨씬 잘 웃고 수다스럽다. 7반 애들은 그런 연우의 표정이나 목소리는 전혀 모를 테지만.

"그래도 괜찮았어. 좀 신기했거든."

"뭐가."

"그 뒤로는 백팩을 한 번도 해킹 안 당해서."

숙제도 쿠폰도 매일 변함없이 그대로였다고 한다. 3학년 마지막 날까지 고스란히.

"학교 보안 프로그램이 강화된 거 아닐까."

쑥스러워진 준희는 그렇게 얼버무렸다. 하지만 준희도 연우도 알았다. 가장 강력한 보안 프로그램은 '함께'인 것임을.

12월이 끝나기 전, 두 사람은 시스템 바깥에서 소나가 아닌 모습으로 처음 만났다. 연우가 먼저 준희를 집으로 초대했다. 고글을 쓰고 공간이동을 선택하는 게 아니라, 준희는 에어버스를 타고 30분을 걸려서 연우네 집에 도착했다.

입김을 뱉으며 초인종을 누르자 소나와 똑같은 애가 현관에서 수줍게 웃으며 준희를 맞아 주었다. 처음엔 안녕, 안녕, 어색한 인사만 건네곤 입을 꾹 다물었지만 잠깐이었다. 그날 백팩을 털어 준 기억은 두고두고 두 사람의 이야깃거리였다. 몇 번을 얘기하고 또 얘기해도 도무지 질리지 않는 기억이었다.

그 후로 자주 각자의 집에서 번갈아 놀았다. 오늘 올리브 생일 기념 콘서트는 준희의 집에서 함께 접속해서 관람했다. 정말 즐거웠다. 앞으로도 콘서트는 계속 이렇게 보자고 약속했다.

"있잖아. 나 처음으로 노래를 만들어 봤는데……."

에어버스 정류장까지 바래다주는 길에 연우가 불쑥 말을 꺼냈다. 연우가 노래를 만들다니 금시초문이었다. 준희는 어른이 되면 시스템 배경 디자이너가 되고 싶다고 말한 적이 있지만 연우는 아직 잘 모르겠다고만 했었다. 음악에 재능이 있는 줄은 몰랐다.

"어떤지 한번…… 들어 줄래?"

연우는 지금까지 본 중에 가장 진지한 얼굴로 준희를 응시하고 있었다.

에어버스가 도착하기까지 아직 6분이 남아 있었다. 넉넉한 시간은 아니지만 부족하지도 않았다. 둘은 벤치에 나란히 앉았다.

"당연하지. 빨리빨리!"

준희가 박수를 짝짝 치자, 연우는 기분 좋게 쿡쿡 웃었다. 웃음과 함께 터진 입김이 이내 노래로 변했다. 사랑스러운 기억에 관한 다정한 가사와 멜로디로 이루어진 자작곡이었다. 그러고 보니 학교 바깥에서 처음 연우를 알아본 것도 다름 아닌 목소리 덕분이었다.

솔직하고도 따스한 연우의 목소리가 겨울의 정류장을 천천히 부드럽게 감쌌다. 음악에 대해서는 잘 몰라도 올리브의 노래만큼이나 오랫동안 천천히 듣고 싶어질 그런 노래였다.

그리고 준희는 생각했다.

조금 춥긴 하지만, 에어버스가 약간은 늦어도 좋겠다고.

연여름

이 소설에서 단 하나의 단어만 남겨야 한다면 그건 뭘까? 제목을 지을 때면 꼭 한 번 하게 되는 질문입니다. 무엇이 더 중요하거나 덜 중요하다거나 그런 뜻은 아니에요. 그저 무심히 지나치기 어려운, 도무지 가만 내버려둘 수 없는 그런 단어라고 할까요. 이 이야기에서는 소나와 소나를, 5반과 7반을, 타인을 친구로, 지금을 미래로 연결하게 하는 '복도'였습니다. 「복도에서 기다릴 테니까」는 그렇게 남겨진 제목이에요. 당신이라는 세계의 복도에서는 오늘 어떤 일이 있었나요?

제8회 한낙원과학소설상 가작

김두경

나의 메신저 버씨

내 이름은 버씨. 난 수많은 메신저 중 하나일 뿐이었다. 이레를 알기 전까지는…….

이레를 처음 본 순간을 잊을 수 없다. 현관문을 열자 보조개가 쏙 들어간 귀여운 얼굴의 아이가 반들반들한 눈으로 날 쳐다보았다. 눈 속에 기대와 설렘을 가득 담은 채로. 그 아이와 살게 된다고 생각하니 마냥 좋았다. 그 애가 바로 이레다.

*

세상은 나, 강이레가 태어나기 전부터 변이 바이러스의 천국이었다. 10년 전까지만 해도 실제로 학교 가는 날이 있었다는데 지금은 전부 온라인 수업이다. 엄마는 학교 수업도 친구랑 노는 것도 온라인으로만 하니 세상이 너무 각박해졌다고 말한다. 난 원래부터 이렇게 살아서인지 엄마 말이 이해가 잘 안 된다. 하지만 엄마처럼 생각하는 사람이 많은지 올해부터 메신저 프로젝트가 시작되었다.

"삭막해지는 아이들의 정서 함양을 위해 학생당 한 대씩 AI 휴머노이드 '메신저'를 보급하는 프로젝트! 교육부와 미래기술부의 협약으로 진행하는 대규모 프로젝트로, 세계 최초로 스스로 공감 능력을 습득하는 메신저는 아이들의 사회성 발달에 도움이 될 것이며……."

틀기만 하면 이런 뉴스가 나온다. 한마디로 말해 온라인으로만 친구를 만나는 요즘 아이들을 위해 메신저를 한 대씩 준다는 거다. 메신저는 내가 짝꿍으로 정한 친구를 대신한다. 먼저 내 친구의 메신저와 내 메신저에게 서로의 블루투스 코드를 입력한다. 그러면 두 메신저는 정보를 주고받을 수 있게 된다. 친구의 목소리와 행동이 친구의 메신저에게 고스란히 스캔되고, 그 정보는 실시간으로 내 메신저에게 전송된다. 메신저는 자신의 몸으로 친구의 목소리와 행동을 똑같이 표현하는 거다. 물론 내 말과 행동도 친구의 메신저가 똑같이 전달한다. 가상이 아니라 실제로 존재하는 아바타인 셈이다.

우리 집에 메신저가 왔다. 정말 사람하고 비슷하게 만들어졌다. 메신저가 날 보더니 빙긋 웃었다.

"안녕, 이레야. 반가워. 난 메신저 2056-DG701이야. 앞으로 잘 부탁해."

오오, 말하는 것도 진짜 자연스럽다. 사실 나는 메신저를 눈 빠지게 기다렸다. 얼른 꾸며 보고 싶었기 때문이다. 드디어 대망의 메신저 꾸미기를 할 수 있게 된 거다. 메신저는 한 손에 가방을 들고 내 방으로 들어왔다.

"반가워, 메신저. 뭐부터 말하지? 음…… 아, 네가 담당할 애는 효진이야. 내 절친."

막상 메신저와 말을 해 보니 좀 어색했다. 메신저는 이름을 외우듯 입으로 '효진'을 되뇌었다.

"음, 일단 꾸미기부터 해 볼까? 여기 앉아 봐. 내가 널 효진이처럼 꾸며 줄게."

메신저는 의자에 앉은 다음, 가방에서 꾸미기 마스크와 안경을 꺼냈다. 안경은 내게 건네고 마스크는 자기가 썼다. 마스크가 메신저의 얼굴과 머리를 완전히 감쌌다. 나는 맞은편에 마주 보고 앉아 안경을 썼다. 그러자 안경에 초록 글자가 떴다.

'꾸미기 마스크와 안경이 접속되었습니다. 바르게 착용한 휴대폰을 안경 가까이 대면 손의 동작과 안경의 화면이 연결됩니다. 안경을 통해 증강 현실 화면이 나타나고 손을 움

직였을 때 감각이 느껴지면 꾸미기를 시작하세요.'

손목에 감긴 휴대폰을 안경 가까이 대자, 눈앞에 꾸미기 화면이 펼쳐졌다. 갖가지 꾸미기 도구들이 화면 가장자리에 늘어섰다. 그래, 이거야! 곧 메신저의 얼굴이 화면 가운데에 떴다. 그런데 마스크를 벗고 있는 게 아닌가.

"어? 너 마스크 왜 벗었어?"

아차! 눈을 감고 있는 메신저의 얼굴을 실제 모습이라고 착각한 것이다. 실제 메신저는 마스크를 쓰고 가만히 앉아 있는데 말이다. 증강 현실은 한 번씩 이렇게 헛갈린다.

"아, 잘못 봤어. 미안."

메신저는 괜찮다는 듯 어깨를 으쓱했다. 난 먼저 손가락을 풀었다. 증강 현실 메신저의 얼굴에 손끝이 닿자 정말 닿은 것처럼 감촉이 느껴졌다. 연결이 잘된 것이다. 저장된 친구 목록에서 효진이를 선택했다. 메신저의 얼굴 위로 효진이의 얼굴 그래픽이 겹쳐졌다.

"얘가 효진이야. 어떻게 생겼는지 궁금하지? 금방 볼 수 있으니까 조금만 기다려 줘. 일단 머리 모양부터 만들어 줄게."

본격적으로 꾸미기를 시작했다. 꾸미기 도구 중 긴 머리 빗을 골랐다. 빗으로 쓱쓱 빗으니 메신저의 머리 길이가 쑥

쑥 늘어났다. 실제로도 이런 빗이 있으면 매일 머리 모양을 바꿀 것 같다. 겹쳐진 효진이 머리와 비교해 보니 살짝 길었다. 도구를 가위로 바꿔 들고 끄트머리를 살살 잘랐다. 서걱서걱. 소리도 실감 났다. 머리카락이 소르르 떨어졌다. 기대 이상이었다. 꾸미기는 무지무지 재미있었다! 약간 삐뚤빼뚤했지만 그런대로 괜찮은 단발머리가 됐다.

“잘된 거 같은데? 잠깐만.”

액세서리 창을 열고 효진이가 자주 하는 별 모양 머리핀을 골라 꽂아 준 다음 효진이와 메신저의 얼굴을 번갈아 보았다.

“효진이 얼굴이 좀 더 갸름하네. 눈도 더 커야 되고. 성형 좀 해야겠어.”

손바닥으로 메신저의 양 볼을 꾹 누르고, 성형 펜으로 눈매를 바깥쪽으로 더 크게 그렸다.

“됐다! 비슷하게 잘 됐어! 이 모습으로 하자.”

메신저가 고개를 끄덕였다. 적용 버튼을 누르자 다시 초록 글자가 떴다.

‘꾸미기를 적용합니다. 소요 시간은 일 분입니다. 육십, 오십구, 오십팔……. 꾸미기가 완료되었습니다.’

“완료됐대. 마스크 벗어 볼래?”

메신저가 조심스럽게 마스크를 벗었다. 기본 얼굴이던 메신저가 내가 꾸민 얼굴대로 바뀌어 있었다.

"우아! 정말 닮았다! 효진이랑 완전 똑같아!"

거울을 본 메신저는 또 빙긋 웃었다.

*

이레는 만나자마자 기다렸다는 듯이 꾸미기를 시작했다. 메신저 꾸미기는 메신저와 아이들 사이의 유대감을 높이기 위한 기능이다. 절친 효진이의 외모로 꾸며지자 이레는 기뻐했다. 거울 속 내 모습이 어색했지만 이레가 좋아하니 나도 만족했다. 어차피 난 꾸며지도록 만들어졌으니까.

*

"효진아, 메신저 꾸미기 다 했어?"

"그럼, 보여 줄게. 메신저야, 이리 와 봐."

효진이의 메신저가 모니터에 나타났다. 하, 기분이 이상했다. 나를 닮은 것 같기도 하고 안 닮은 것 같기도 했다. 동그란 얼굴에 머리를 뒤로 질끈 묶고 있었다.

"머리 곱슬하게 만드는 데 시간이 좀 걸렸어. 여기, 보조개도 보이지? 이거 찍을 때 숨 꾹 참고 했잖아. 어때?"

"어……. 괜찮네. 내 메신저도 볼래?"

내 얼굴을 한 효진이의 메신저를 왠지 쳐다보고 싶지 않았다. 난 얼른 고개를 돌려 내 메신저를 불렀다. 메신저가 옆에 와서 허리를 굽혔다.

"와하하하! 이레야, 너 정말 꾸미기 잘했다. 너무 나 같아!"

효진이는 자기 모습을 한 메신저를 보며 웃어 댔다. 그러더니 금방 모니터에서 눈을 뗐다.

메신저가 생겼으니, 온라인이 아니라 메신저로 이야기해 보기로 했다. 우리는 각자 모니터를 껐다.

"메신저, 지금부터 효진이와 연결해 줘."

메신저는 자신의 왼쪽 관자놀이를 꾹 눌렀다. 삐릭! 메신저의 표정이 돌변했다. 지금 효진이가 하는 말과 행동이 효진이의 메신저에게 감지되고, 그 정보가 그대로 내 메신저에게 전달되는 것이다. 메신저는 진짜 효진이처럼 표정을 짓더니 말투도 똑같이 따라 했다.

"아, 아, 이레야, 잘 들려?"

메신저가 내 얼굴을 보며 효진이 흉내를 내니 선뜻 대답이 안 나왔다.

"어……."

내가 하는 말과 행동도 효진이의 메신저가 그대로 표현하고 있을 터였다.

“우아, 신기해! 네가 정말 내 앞에 있는 거 같아. 응? 근데 이레야, 표정이 왜 그래? 메신저가 잘 안 돼?”

얼떨떨한 내 표정이 그대로 보였나 보다.

“아, 아니야. 좀 어색해서 그래.”

“나도 어색하긴 해. 근데 이거 너무 재미있지 않아? 누가 이런 걸 생각했는지 진짜 아이디어 대박 아니니? 와하하하.”

메신저가 내 손을 덥석 잡고는 방방 뛰면서 호들갑을 떨었다. 고개를 뒤로 젖히고 호탕하게 웃는 게 딱 효진이였다. 딱딱하게 굳었던 내 얼굴도 그제야 스르르 풀렸다. 그래, 이제부터 얘는 많고 많은 메신저가 아니라 M효진이야.

효진이랑은 늘 모니터를 보고 이야기했는데 이제 마주 보고 대화할 수 있어서 좋다. M효진과 나는 나란히 앉아 숙제도 하고, 침대에 엎드려 같이 만화도 봤다. 우리의 최애 아이돌 ‘카즈모스’의 노래를 따라 부르기도 했다.

“이번 신곡 너무 좋지 않아?”

“좋다는 말로는 부족하지. 그 춤 봤어? 자전 공전 춤!”

“완전 환상이야! 자전할 때 그 표정, 꺄악!”

우리는 발버둥을 치면서 수다를 떨었다. M효진이 갑자기 뭔가 생각난 듯 눈을 크게 떴다.

"아 참! 우리 엄마가 그러시는데, 우리 학교 있지? 거기가 코스모스밭이 됐대."

"우리 학교라니?"

"그러니까, 원래 한빛 초등학교 말이야. 옛날에 가방 메고 등교했다는 초등학교 건물."

"아, 거기? 지금은 거의 폐허 아닐까?"

"그 폐허가 된 학교 운동장에 코스모스 꽃이 피어나서 예쁜 꽃밭이 됐대. 나중에 꼭 가 볼 거야."

"너, 코스모스 좋아해?"

"엥? 너, 그래 가지고 카즈모스 팬이라고 할 수 있겠어?"

"여기서 카즈모스가 왜 나와?"

"카즈모스가 코스모스잖아! 우주! 영어로 코스모스! 발음만 다르다고."

헉, 그게 그렇게 연결되다니! 생각도 못 했다.

이런 이야기를 두 눈을 마주치며 하는 건 모니터로 할 때와는 차원이 달랐다. M효진 덕분에 효진이와는 그 전보다 백 배는 더 친해진 것 같다.

효진이랑 다 놀고 나면 M효진의 일과도 끝난다. 오른쪽 관자놀이를 누르면 M효진이 아니라 평범한 휴머노이드가 된다. 메신저의 휴식 시간은 그때부터다. 밖에 나갈 때 말고는 자유롭게 지낼 수 있다. 메신저는 말을 많이 걸었다.

"저, 이레야."

"응?"

"나도 이름이 있으면 좋겠어."

"이름?"

"응. 그냥 메신저 말고 나만의 이름을 갖고 싶어."

"아, M효진일 때 말고 평소에 부를 이름 말이지? 뭐 생각해 둔 이름 있어?"

"음……, '친구'라는 의미의 이름이면 좋겠는데."

"친구? 한번 검색해 볼까?"

난 '친구'라는 뜻을 가진 여러 나라 말을 찾아보았다. 프렌드, 아미, 아미고, 델리키아……. 그러다 아주 그럴싸한 단어를 하나 찾았다. 우리말인 '벗'이었다.

"버씨 어때? 벗에서 딴 건데. 괜찮지 않아?"

"버씨? 벗에서 따온 이름, 버씨! 마음에 들어!"

"좋았어! 이제 네 이름은 버씨야. 반가워, 버씨."

우린 웃으며 손을 흔들었다.

버씨는 호기심이 많았다. 물의 감촉을 궁금해해서 손을 담가 보고 서로 얼굴도 씻겨 주었다.

"네 얼굴, 꼭 찰흙 같아. 이렇게 누르면 아파?"

"아니, 난 촉감을 느낄 수 없으니까 아프지 않아. 마스크 쓰고 꾸미기 했을 때도 안 아팠는걸? 그래도 네가 얼굴을 씻어 주니까 기분이 좋아져."

"느낌이 없는데 기분이 좋아진다고?"

"응. 네가 좋아하는 걸 보니까 내 기분까지 좋아져."

이런 말을 들으니 가슴속에 따듯한 조각구름이 폴폴 떠다니는 것 같았다. 공감 능력을 습득하는 휴머노이드라더니 그래서 그런가?

버씨와 나는 쉴 새 없이 이야기를 나누고 해 본 적 없던 놀이를 했다. 달걀 프라이를 만들고 파자마 파티를 하고 베개 싸움에 공기놀이도 했다. 이렇게 버씨랑 같이 노는 시간이 의외로 재미있었다. 그중에 버씨가 좋아하는 놀이는 나에 대해 묻는 것이었다. 내 기분이나 생각, 어릴 적 추억 따위를 수시로 물었다.

"이레야, 넌 어떤 음악 좋아해?"

"당연히 카즈모스의 음악이지."

"뭐가 그렇게 좋아?"

"노래 자체가 좋은데 특히 가사가 좋아. 평화와 사랑에 대한 노래도 좋지만 우정에 관한 노래가 진짜 좋거든!"

"나도 들어 볼래."

버씨는 눈을 감고 노래를 들었다. 가사에 대한 내 느낌을 이야기해 주니 귀 기울여 들었다. 하긴 내가 무슨 말을 하든 버씨는 귀를 기울이지만.

"이레야, 여행 간다면 어디를 제일 가고 싶어?"

"음, 전에는 바다도 보고 싶고 사막에도 가고 싶었는데, 이제는 코스모스밭에 제일 가고 싶어. 효진이랑 같이!"

"효진이랑? ……효진이가 그렇게 좋아?"

"그럼, 나랑 제일 많이 이야기하고 내 마음을 잘 이해해 주고 같이 보내는 시간도 제일 많은 친구니까."

버씨가 눈을 동그랗게 뜨고 날 쳐다봤다.

"하루를 따져 보면 효진이보다 나랑 더 많이 이야기하잖아. 같이 보내는 시간도 더 길고."

"그거야 그렇지."

"함께 나눈 이야기가 많고 잘 이해하고 같이 보낸 시간이 많으면, 제일 좋은 친구가 되는 거야? 그럼 제일 친한 친구인 거야?"

"아! 버씨, 이제 좀 그만 물어. 나 졸려."

"어, 내가 너무 피곤하게 했구나? 질문 그만할게. 얼른 자. 그런데 우리 내일은 뭐 하고 놀까?"

"그만하라고!"

체험 학습 날이 되었다. 친구와 실제로 만나는 날이다. 드디어 효진이를 직접 보게 되는 거다. 설레기도 했지만 걱정도 됐다. 만났을 때 어색하면 어쩌지? 모니터나 메신저를 통해 보던 모습과 다르면 어쩌지? 설렘 반 걱정 반으로 일찍부터 준비를 마쳤다.

바깥 활동을 하면 번거로운 게 많다. 마스크와 고글을 끼고 장갑을 착용하는 게 기본이다. 방호복을 입는 사람도 있지만 보통은 기본만 한다. 난 장비를 착용하고 약속 장소로 갔다. 학교에서 예약해 준 '청정 만남의 집' 3호실이었다.

"효진아!"

"이레야!"

마침내 효진이를 만났다! 우리는 보자마자 와락 끌어안고 팔짝팔짝 뛰었다. 걱정은 한순간에 날아갔다. 실제로 만난 건 처음이지만 여태까지 쭉 같이 지내 온 것처럼 전혀 어색하지 않았다! 메신저를 통해 만난 덕분이었다.

난 효진이와 같이 온 M이레를 힐끗 쳐다보았다. 내 모습을 하고 있지만 내가 아닌 M이레. 묘한 느낌에 모르는 척 고개를 돌려 버렸다. 효진이도 버씨, 그러니까 M효진을 슬쩍 쳐다보는 게 다였다. M이레와 버씨는 문 앞에 멀뚱히 서 있었다.

아, 지금 메신저에 신경 쓸 시간이 어디 있어? 나는 효진이와 손을 꼭 잡고 온갖 이야기를 나누었다. 진짜 효진이는 메신저와는 비교할 수 없었다. 무엇을 거치지 않고 자기 생각을 생생하게 표현하니 속이 다 시원했다. 이래서 진짜 친구가 필요하구나!

*

지금 내 기분을 어떻게 설명해야 할지 모르겠다. 이레는 효진이를 만나자마자 완전히 마음을 빼앗겨 버렸다. 나는 투명 인간처럼 아무 존재감이 없었다. 마음이 상하는 기분이었다. 속이 부글부글 끓고 머리에서 열이 풀풀 났다. 정말 그런 것 같았다.

옆에 있는 M이레와 눈이 마주쳤다. M이레를 보니 이레의 마음이 이해되기도 했다. 이레를 닮도록 꾸며졌지만 이 애는 이레가 아니니까. M이레도 나를 보고 같은 생각을 하겠지? 우리는 쓴웃음을 지으며 진짜 이레와 효진이를 바라보았다.

*

아! 이번 체험 학습은 정말 최고였어! 체험 학습이 한 학기에 두 번만 있는 게 너무 아쉬웠다. 우리는 두 달 후에 다시 만나기로 약속하고 헤어졌다.

“버씨, 효진이 노래 진짜 잘하지 않아? 네 목소리로 듣는 거랑 완전 다르더라. 후훗.”

효진이는 카즈모스 노래 중 제일 높이 올라가는 노래도 술술 불렀다. 효진이가 노래하는 걸 떠올리니 저절로 웃음이 났다.

“난 효진이가 부르는 대로 똑같이 전달했어.”

“에이, 그래도 뭔가 느낌이 다르다고.”

순간 버씨가 정색하더니 버럭 화를 내는 게 아닌가!

“이레 너, 어떻게 그럴 수가 있어?”

“응? 뭐, 뭐가?”

난 어안이 벙벙해졌다.

“네 절친은 나잖아. 그런데 아까 효진이 만났을 때 날 없는 사람 취급하더라? 나 정말 서운했어.”

너무나, 엄청나게 당황스러웠다. 갑자기 이게 무슨 소리지? 버씨가 하는 말이 무슨 뜻인지 빨리 파악이 되지 않았다. 뭐지? 자기가 진짜 내 친구라도 되는 줄 아는 거야, 뭐야?

"저기, 버씨. 너는 효진이를 전달해 주는 메신저잖아. 넌 진짜 효진이가 아니야. 대신하는 거라고. 그러니까 진짜 친구가 아니라 그냥 가짜……."

마지막 말을 내뱉는 순간, 잘못 말했다는 걸 알았다. 버씨의 얼굴이 이제껏 한 번도 본 적 없는 표정으로 일그러졌기 때문이다.

"어떻게 그런 말을……. 나도 네 친구야! 네 친구 버씨라고."

버씨는 곧 눈물을 쏟을 것처럼 절망적인 얼굴이었다. 뉴스 기사가 번개처럼 머리를 스치고 지나갔다.

'스스로 공감 능력을 습득하는 AI 메신저!'

버씨는 그 공감 능력이라는 걸 너무 많이 습득한 걸까? 더럭 겁이 났다. 머뭇머뭇하고 있는데 버씨가 차가운 목소리를 내뱉었다.

"나, 더 이상 효진이 정보 전달하지 않을래."

버씨는 오른쪽 관자놀이를 길게 두 번 꾹 눌렀다.

삐릭삐릭, 삑삑삑!

정보 전달 오류! 오류! 오류!

관자놀이 부분에서 빨간 불이 번쩍번쩍하더니 난데없이

전화벨이 울렸다. 정신이 하나도 없었다. 일단 전화부터 받았다.

"안녕하세요. 교육부입니다. 강이레 학생 맞나요?"

"어…… 네."

"메신저 2056-DG701에서 사전 등록되지 않은 오류 메시지가 발생해 연락 드렸어요. 오류가 발생한 메신저는 바로 교환해 드리니까 걱정하지 않으셔도 됩니다."

"교환요? 그럼 제 메신저는 어떻게 되는……."

"브레인 교체 치료를 받게 될 거예요."

"브레인 교체요?"

"이 모델은 외형이 아주 잘 만들어져서 브레인만 치료하면 얼마든지 새롭게 활용할 수 있거든요. 교환 신청하시겠어요?"

브레인을 바꾼다고? 사람으로 치면 뇌를 바꾼단 말이잖아? 방금 버씨가 무섭게 느껴졌던 게 떠올랐다. 그렇다고 뇌를 바꾸게 한다고? 말도 안 돼. 그건 너무 잔인해!

"아니요! 괜찮아요!"

난 급히 전화를 끊어 버렸다. 버씨랑 다시 잘 이야기해 봐야겠다. 몸을 돌렸는데 버씨가 보이지 않았다. 거실에도 주방에도 욕실에도 없었다.

"버씨! 버씨! 어디 있는 거야? 야, 너 어디 갔어? 버씨!"

이럴 수가, 버씨가 집을 나갔다!

"뭐가 이렇게 제멋대로야? 하아! 어떡하지?"

난 어쩔 줄 몰라 방안을 왔다 갔다 했다. 그러다 정신이 번쩍 들었다. 정신 차려, 강이레! 버씨가 집 나간 건 비밀로 해야 해! 누가 이 사실을 알게 되면 당장 신고할지도 몰라. 그럼 버씨는 붙잡혀서 뇌를 교체당하겠지. 뇌가 바뀌면 버씨는 날 못 알아볼 거고, 그동안 우리가 함께했던 기억들도 깡그리 날아갈 거야. 그건 안 돼! 절대 들키면 안 된다고. 난 최대한 태연하게 행동하려고 노력했다. 누구도 눈치채지 못하도록.

그렇게 며칠이 지났다. 가슴 한쪽에 뚫린 구멍이 점점 커지는 것 같았다. '이레야' 하고 부르는 소리가 귓가에 쟁쟁했다. 그렇게나 궁금한 게 많고 그토록 초롱초롱한 눈빛으로 날 바라보던 버씨. 내가 하는 말은 한 마디도 놓치지 않으려고 귀 기울이던 버씨. 세상 누구보다 나에게 관심이 많고 공기처럼 늘 옆에 있던 버씨. 버씨는 당연히 그런 존재라고 생각했다.

솔직히 난 버씨를 그저 메신저 M효진일 뿐이라고 여겼다. 나도 모르게 마음이 갈 때가 많았지만 애써 벽을 쳤다. 어쨌든 버씨는 로봇이니까. 하지만 버씨가 사라지고 나서야 깨달았다. 이제 버씨는 내 삶의 한 부분을 차지하게 되었다는 것을. 버씨가 없는 삶은 말할 수 없이 허전하다는 것을.

마냥 기다릴 순 없었다. 버씨를 찾으러 나가 봐야겠다고 결심했다. 그런데 어디로 가야 하지? 버씨가 갈 만한 데가 있을까? 바이러스 천지인 바깥을 무턱대고 돌아다닐 순 없다. 갈 만한 곳을 점찍어 그 주위로 움직여야 한다. 머리를 움켜잡고 그동안 버씨와 나눴던 대화를 떠올려 봤다. 거기서 힌트를 얻는 수밖에 없었다.

"버씨는 나를 친구로 생각해. 정말로 나를 좋아해 줘. 그거 말고는 버씨에 대해 아는 게 없어. 내 이야기만 했지 버씨 이야기는 들어 준 적이 없으니까. 아! 버씨, 미안해."

질문은 오직 버씨의 몫이었다. 버씨는 내가 어딜 가고 싶어 하는지 궁금해했지만 난 한 번도 물어본 적이 없었다. 그때, 떠오르는 곳이 한 곳 있었다.

"혹시 거기 간 걸까?"

난 마스크, 고글, 장갑을 끼고 밖으로 뛰쳐나갔다. 제발, 제발 거기 있어라. 거기서 혼자 울고 있으면 어떡하지? 아, 지금 무슨 소릴 하는 거야. 버씨가 어떻게 울어? 아니야, 버씨는 울고도 남을 거야. 울지 말고 거기서 기다려, 버씨. 제

발! 난 속으로 중얼거리며 달리고 또 달렸다.

한빛 초등학교.

교문 기둥에 낡은 팻말이 붙어 있었다. 선뜻 들어서기 망설여지는 으스스한 분위기였다. 그런데 교문을 들어서자 딴 세상이 펼쳐졌다. 그림같이 아름다운 코스모스가 바람에 한들한들 흔들리며 온 운동장을 뒤덮고 있었다. 하지만 그런 광경을 제대로 즐길 수 없었다. 카즈모스와 이름이 같은 코스모스보다 버씨를 찾는 게 더 중요하니까.

코스모스밭에는 단단히 무장을 하고 꽃구경 온 사람들이 여럿 있었다. 그 너머로 귀신이 나올 것 같은 학교 건물이 보였다. 그때 건물 계단에 앉아 있는 형체가 눈에 들어왔다.

"버씨?"

그 형체에 시선을 고정하고 걸음을 재촉했다. 가까이 갈수록 또렷이 보였다. 버씨가 맞다!

"버씨! 버씨!"

난 코스모스밭 사이로 난 길을 다급하게 달려갔다. 내 목소리를 듣고 버씨가 벌떡 일어났다. 난 숨을 헐떡이며 버씨 앞에 섰다.

"버씨, 여기서 뭐 하는 거야?"

"왜…… 왔어?"

"그렇게 나가 버리면 어떡해?"

"난 이제 쓸모가 없으니까. 어차피 교체될 텐데 그 전에 마음껏 돌아다니기라도 해 보려고."

"마음껏 온 게…… 여기야?"

나도 모르게 눈물이 핑 돌았다. 버씨가 스스로 끝이라고 생각하고 마음대로 온 데가 여기라는 게, 효진이와 내가 이야기 나눴던 이 코스모스밭이었다는 게, 속상했다. 자기를 그저 대체물로 취급하는 나를 친구로 생각하는 게, 가짜라고 소리친 내가 가고 싶어 했던 이곳에 온 게, 고마웠다.

"버씨, 미안해. 너한테 그렇게 말하는 게 아닌데, 상처 주는 말을 해 버렸어. 네가 효진이와 닮았다고 해서 효진이와 똑같은 존재가 아닌데. 그럴 필요도 없고 그럴 이유도 없는데. 정말 미안해."

눈물 한 줄이 주룩 흘러내렸다. 버씨의 눈이 동그래졌다. 버씨는 손을 들어 눈물을 닦아 주었다.

"나 때문에 눈물 흘리는 거야? 나한테 미안하다고 한 거야?"

난 고개를 끄덕였다.

"나도 눈물이 날 것 같은 기분이야. 고마워, 이레야."

"버씨, 이제 효진이 정보 전달하지 않아도 돼. 그냥 내 친구로 있어 줘. 응?"

"친구? 지금 친구라고 했어?"

"응. 네가 집을 나가고 나서 알았어. 네가 나한테 얼마나 소중한 친구인지. 효진이는 효진이대로, 넌 너 자체로 나한테 소중한 친구야. 사실 벌써부터 느끼고 있었는데 이제야 분명히 깨달았어. 로봇과 친구가 되지 못할 이유 같은 건 없다는 걸. 네가 없으니까 너무 허전하고 너무 보고 싶었어. 다시 집에 가자, 버씨."

버씨는 환한 얼굴로 힘차게 고개를 끄덕였다.

집으로 오는 내내 버씨와 손을 잡고 걸었다. 버씨가 다시 질문을 시작했다. 자기가 없는 동안 어떻게 지냈는지, 무슨 생각을 했는지. 쏟아지는 질문을 받으니 버씨가 돌아온 게 실감 났다. 버씨가 집에 오자 모든 게 제자리를 찾은 느낌이었다. 단짝 친구라는 말이 어떤 뜻인지도 알 것 같았다. 우린 매일 곁에 붙어 서로에 대해 속속들이 아는 단짝 친구가 되어 갔다.

*

집을 나왔지만 떠오르는 곳은 이레가 가 보고 싶어 하는 그곳, 코스모스밭뿐이었다. 솔직히 말하면, 코스모스 사이로 달려오는 이레를 본 순간 그토록 절망적이던 마음이 모조리 날아가 버렸다. 이레가 다가와 무슨 말을 하든 나를 찾아 달려온 것만으로도 충분했다. 이레의 눈물을 봤을 땐 나도 따라 울고 싶었다. 이레가 나를 친구라고 말했을 땐 하늘을 나는 기분이었다. 그 순간 바람이 얼마나 시원했는지 모른다. 실제로 그렇게 느껴졌다. 정말이다!

*

"교육부는 메신저 프로젝트의 틀을 완전히 바꾼다고 발표했습니다. 실제 시행해 본 결과, 당초에 예상했던 것과는 너무 다른 결과가 나온 것입니다. 전국적으로 보급되었던 메신저들은 실존하는 아바타의 역할에 그치는 게 아니었습니다. 메신저들은 아이들의 새로운 친구가 되었습니다. 이런 현상은 전국 대부분의 학교에서 똑같이 일어났습니다. 이 일을 두고 전문가들은……."

두 번째 체험 학습 시간, 난 다시 효진이와 만났다.

"효진아, 소개할게. 내 친구 버씨야."

"반가워, 버씨. 벗이라는 뜻이 멋지다."

효진이는 자기를 닮은 버씨와 쭈뼛쭈뼛 인사했다. 이번엔 효진이가 M이레를 소개해 주었다.

"이쪽은 내 친구 에밀리야. 내 영어 이름으로 찜해 둔 이름인데 에밀리한테 선물했어."

나는 나를 닮은 M이레, 아니 에밀리와 눈을 맞추었다. 또 다른 나를 마주하는 느낌이었다. 난 숨을 크게 들이쉰 다음 손을 내밀었다.

"내가 나를 보는 것 같아서 좀 낯설었는데……. 이제 우리 친하게 지내자."

에밀리는 고개를 끄덕이며 내 손을 잡았다. 내 말에 효진이가 슬쩍 끼어들었다.

"사실 나도 그랬거든. 이제 우리 서먹해하지 말고 다 같이 잘 지내 보자. 알았지?"

이번엔 버씨와 에밀리가 인사했다. 지난번에 문 앞에 서 있기만 했던 두 메신저는 반갑게 악수를 나누었다.

"아! 이참에 우리 꾸미기 새로 해 주면 안 돼?"

"나도 그 말 하고 싶었는데! 이왕이면 우리가 하고 싶은 대로."

버씨와 에밀리가 나와 효진이를 보고 말했다.

"말만 해. 멋지게 꾸며 줄 테니까."

우리 넷은 까르르 웃었다. 재잘거리는 소리가 청정 만남의 집 너머로 멀리 퍼져 나갔다.

*

모니터로 처음 만났을 때 효진이는 내 눈을 똑바로 쳐다보지 않았다. 실제로 만났던 체험 학습 때도 그랬다. 이레도 마찬가지였다. 이레를 닮은 에밀리를 보고는 모르는 척했다. 그때는 아이들이 우리를 좋아하지 않아서 그런 줄 알았다. 알고 보니 자신을 닮은 휴머노이드를 마주하는 게 어색하고 불편했던 거였다. 사람들은 자기 자신을 자세히 들여다보는 걸 두려워하는 것 같다. 함께 살면서 우리도 사람들에 대해 조금씩 알아 가고 있다.

지난번, 쓴웃음을 지으며 데면데면하게 서 있었던 에밀리와 나는 오늘 친구가 되었다. 메신저들끼리 친구가 된다는 건 정말 멋진 일이다. 한 아이에 한 대씩 보급되던 우리는 앞으로 메신저로 불리지 않을 것이다. 담당 친구의 정보를 전달하는 메신저 일을 더는 하지 않기 때문이다.

에밀리와 나는 입버릇처럼 이런 이야기를 한다. 처음 만났을 때와 비교해 보면 이레와 효진이가 웃음이 무척 많아졌다고. 아이들의 웃음이 뭉게뭉게 피어나는 세상이라면 더 이상 삭막하지 않을 거라고.

김두경

'공감 능력은 로봇이 습득할 수 없는 인간 고유의 능력'이라는 과학 기사를 읽은 후 버씨를 떠올렸습니다. 불가능에서 한 올의 가능성을 뽑아내고 싶었거든요. 이 무모한 도전에는 믿는 구석이 있었으니, 유연하고 열린 마음을 지닌 이 땅의 아이들이라면 세상 누구와도 친구가 될 수 있을 거라는 확신이었죠. 아이들이 이 넓은 코스모스(우주)에서 서로에게 귀 기울이고 공감해 주는 친구를 많이 발견하길 바랍니다. 노래나 코스모스 꽃이나 로봇이 친구가 되듯 말이죠.

제9회 한낙원과학소설상 우수 응모작

존 프럼

우르수스 행성 대족장 취임 46주년 기념 선물에 대하여

안윤빈 항해사에게.

예정보다 답장이 늦었네, 선장일세.

자네가 조달해 준 물건은 잘 받았네. 용케도 세상에 단 세 개만 남았다는 오리지널 밀봉팩을 두 개나 확보했더군. 색이 좀 바랜 것만 빼곤 겉으로 보기엔 상태가 꽤 괜찮아 보여. 팩을 구동할 NES의 설계 도면도 문제없어 보이고 말이야. 부선장을 통해 전달했듯이 밀봉팩 하나는 개인적인 의뢰였어. 사적인 부탁임을 미리 알리지 못해서 미안하네. 그나저나 이렇게 상태가 양호한 밀봉팩을 겨우 20만 크레딧에 사들이다니 참 운이 좋았어. 그 골동품상은 이 물건의 가치를 완전히 잊은 모양이야. 하긴, 낡디낡은 물건이다 보니 대부분의 항성계에서는 이게 무슨 물건인지조차 잊었을 테지.

부선장에게서 자네의 통렬한 지적을 전해 들었네. '우르수스의 대족장에게 왜 하필 이런 고물 따위를 선물하냐'라는 자네의 질문에는 짧게 답하기가 힘들 것 같군. 초공간 도약 기술의 선두 주자인 우르수스 행성의 지도자에게, 이런 낡은 유물을 보내는 건 실례가 아니겠냐는 지적에도 일리가 있네. 자네 말대로 우르수스의 지도자에겐, 임페리얼급 범용선을 수천 대 보낸다 해도 부족할 지경이니까.

늘 솔직한 태도로 동료는 물론 상관을 대하는 자네의 자세는 높이 사겠네. 돌이켜 보면 그 날카로운 지적이 도움이 된 때가 한두 번이 아니었지. 이미 몇 번인가 언급했듯이 자네는 참 '감'이 좋은 친구야. 자네의 솔직하고도 냉철한 태도와 특유의 직감 덕분에 우리의 집이나 다름없는 어드벤텀호가 가까스로 파괴를 면했고 말이야.

그런데 말이야, 이번에는 자네의 감이 빗나갔다네. 내 장담하건대 우르수스의 대족장은 다른 어떤 선물보다 이 구시대 유물을 기꺼워할 걸세. 그 이유를 설명하자면, 긴 이야기가 될 것 같지만 최대한 짧게 풀어 보겠네.

*

구시대 일을 꺼내면, 옛날이야기에 학을 떼는 세대에 속하는 자네가 질색할 테지. 하지만 어쩔 수 없이 내가 자네보다 젊었을 때의 일부터 시작해야 할 것 같군. 미안하지만 우리 어머니 이야기도 등장한다네. 상관의 젊은 시절 이야기라니, 그것도 상관의 어머니가 등장하는 이야기라니……. 자네에게 미리 사과하겠네.

사관학교를 졸업하고 소위에 임명되었을 때, 나는 당시 막 그 존재가 알려진 우르수스 행성의 제3차 시찰단에 참여하게 되었지. 안전하고도 풍요로운 행성에서의 꿀 빠는 임무가 아니었냐고? 전혀. 당시 우르수스 행성은 개발도상행성도 아닌 후진행성에 속했지. 지금으로선 상상하기 힘들지만 그 시절 우르수스는 '차세대 기술의 리더'라는 말과는 아무런 상관이 없는 곳이었어.

지금도 우르수스에 첫발을 디디던 날이 눈에 선하게 떠오르곤 해. 녹색과 파랑으로 뒤덮인 숲의 바다에 여명이 떠오르는 순간, 가슴속 깊은 곳에서부터 벅찬 감동이 용솟음쳤지. 거의 매일 모기를 닮은 기묘한 곤충의 습격 때문에 수면 부족에 시달리는 날이 많았지만, 나는 그 행성이 참 마음에 들었어. 오래전부터 마음속에서 그리던 어떤 이상향에 발을 들여놓은 것 같은 기분이었지.

나는 경호 장교 중 하나로서 외교관들과 학자들의 안전을 담당하는 동시에 우르수스인들의 생태를 관찰하고 연구했네. 내 자랑을 하려는 건 아니지만, 입대 이전에 취득한 외계 인류학 박사 학위를 써먹을 수 있는 좋은 기회였지. 그때 우리들은 우르수스인들을 '곰둥이'라고 불렀어. 지금은 차별 용어라는 말도 있지만, 사실 우르수스인들도 그 표현을 싫어하지 않았지. 아니, 오히려 자신들과 쏙 빼닮은 외계 동물이 있다는 말에 자신들을 직접 곰둥이라고 부르기까지 했네. 현지에선 요즘도 그 호칭이 널리 쓰인다더군.

우주 공간을 뛰어넘는 초공간 도약 기술이 정밀해진 지금은 거의 가치가 없지만, 당시엔 광속에 가까운 아광속 연료의 연소 촉진제로 쓰이는 '플레마'라는 화합물이 굉장히 귀했지. 그런데 우르수스 행성의 어떤 거대한 나무 열매가 순도 높은 천연 플레마를 엄청나게 함유하고 있었어. 우리에게 있어선 노다지의 발견이나 마찬가지였지.

하지만 우르수스와 교역을 하려면, 은하헌법 제17조에 따라 우르수스 행성민들의 의견 일치가 이루어져야 했어. 외부 세력이 소수의 권력층과 결탁해 행성을 착취하는 일이 벌어지는 걸 막기 위한 장치였지.

우리는 어떻게든 우르수스인들이 합일된 의견을 내기를 바랐지만 이들은 내전을 겪고 있었어. 게다가 이들은 외계인들에게 우호적이지 않다 보니, 외교적 채널을 뚫는 것도 쉽지 않은 일이었고. 애초에 그 행성에 파견된 이유를 요약하자면 은하 최대 규모의 플레마 광산이 있는 레굴루스 행성에서 대규모 분화가 일어나, 아광속 연료 공급에 엄청난 차질이 발생하고 있었지. 상황이 그렇다 보니 윗선에 억지로 등이 떠밀려 제대로 된 준비도 없이, 바꿔 말해 현지 경험자의 복귀를 기다릴 틈도 없이 서둘러 우르수스 행성에 보내진 거야.

우리는 급하게 준비한 이런저런 선물을 여러 부족장에게 건네려 했지만, 애초에 부족장과 면담을 성사시키는 것부터가 문제였어. 우리의 선물은 그들에게 전혀 매력적이지 못했지. 그들이 곰과 닮았다는 편견에 기인해 준비한 '꿀 중의 꿀'이라는 가니메데산 꿀도, 프록시마산 양털 융단과 카펠라산 딸기를 비롯한 다른 선물도, 죄다 무용지물이었지.

할 수 없이 철수를 준비할 즈음, 우리는 곰둥이들이 고맙게도 개척행성 B319산 유채꿀을 굉장히 좋아한다는, 바꿔 말해 '환장한다'는 사실을 알게 되었어. B319산 유채꿀은 떨떠름한 맛이 강해 유로파산 민트초코와 함께 호불호가 갈리기로 유명하지. 원래 유채꿀을 원주민들에게 선물하려던 건 아니었어. 단지 저렴하다는 이유로 보급 물자에 대량으로 섞여 있었는데, 하사관 하나가 떨떠름한 맛을 참지 못하고 캠프 밖에 단지 하나를 통째로 내다 버린 걸, 바로 인근에 살던 원주민 아이 하나가 주워 먹은 일로 곰둥이들의 취향을 알게 된 거야.

그 뒤로는 임무가 조금 편해졌던 것도 사실이라네. 그토록 원하던 부족장들과의 면담이 줄줄이 성사되었음은 물론이지. 하지만 꿀 빠는 임무와는 여전히 거리가 멀었어. 가끔 곰둥이들과 함께 꿀을 빨아 먹는 시간을 갖긴 했지만, 어디까지나 외교적인 자리였다네.

앞서 언급했듯이 우르수스인들과 정식으로 교역을 하려면 우르수스 행성 전체의 동의가 필요했어. 하지만 우르수스인들은 언제 끝날지 기약이 없는 기나긴 내전을 겪고 있었고, 연맹에 가입하지 않은 행성에 대해서는 중립을 유지해야 한다는 은하헌법 제2조에 따라 우리는 어느 쪽도 편들 수 없었지.

우리는 궁리 끝에 대량으로 유채꿀을 살포하기로 결정했어. 인도적인 차원에서는 평화에 간접적으로 기여할 수 있다는 조항을 이용하기로 한 거지. 즉, 곰둥이들이 꿀에 취해 전쟁에 소홀해지기를 바랐던 거야.

유채꿀 대량 공급이 처음엔 내전의 속도를 늦췄지만, 나중엔 역효과를 낳게 되었어. 우르수스인들끼리 조금이라도 더 많은 꿀을 차지하기 위해 다투더니, 급기야 동과 서로 나뉘던 동맹 대결 구도에서 부족끼리의 내전으로 더 악화되고 말았다네. 우리가 우르수스인들의 문화를 충분히 이해했다고 자만했던 탓이지. 이 곰둥이들은 다른 부족과의 정당한 싸움에서 빼앗은 물건을, 교역으로 얻은 물건보다 더 중요시하며 숭배하는 관습이 있었던 거야. 어떻게 그런 중요한 사실을 간과할 수 있느냐고? 그건…… 겪어 보지 않은 사람의 비난은 결과론에 불과하지. 시행착오를 겪지 않고 외계 문명을 파악하기란 매우 힘들다는 점만 밝혀 두겠네.

유채꿀 공급을 대폭 줄이자, 다행히 상황이 조금 개선되었어. 최악의 혼란은 피했지만, 내전은 처음에 비하면 여전히 심각하게 격화된 상태였고 그 책임은 시찰단에 있었지.

아, 곰둥이들의 싸움은 인간들의 전쟁처럼 피와 살이 튀는 방식이 아니었다네. 다행히도 말이지. 경우에 따라 그들도 지극히 호전적이 되곤 하지만, 상대의 육체를 파멸로 이끌 정도로 잔인하지는 않다네. 최대 신장이 80센티미터 정도인 그들이 싸우는 모습은 우리에겐, 뭐랄까…… 조금 귀엽게 보이기도 했고 말이야. 하지만 종종 꽤 심각한 부상자가 나오기도 했지. 다행인 건 이 곰둥이들의 회복력이 인간보다 족히 수십 배는 뛰어나다는 거야.

우리는 은하헌법을 위반하지 않으면서도 내전을 끝낼 방법을 찾는 데에 몰두했어. 그것이 우리의 과오를 속죄할 수 있는 유일한 길이자, 시찰단 교체를 피할 수 있는 길이기도 했으니까. 우리는 내전이 끝나지 않는 이유를 두고 토론을 벌였어. 모두가 머리를 쥐어짜 가며 궁리에 궁리를 거듭했지. 이들이 충분히 잔혹하지 않기에 행성을 통합할 수 없었을까? 혹은 태생적으로 명예로운 싸움을 선호하기 때문에, 전쟁이 지속되길 바라고 있던 걸까? 어떤 가설도 설득력이 부족했어. 인간처럼 잔혹하지 않아도 통합 정부를 이루는 행성은 수도 없이 많지. 곰둥이들이 명예로운 싸움을 중시한다고 해도, 평화에 무지한 것은 아니었고.

그러던 어느 날이었어. 나는 한 부족장이 주최한 티 파티에 참석했지. 유채꿀 차를 주제로 한 파티이자 외교적인 회의였어. 티 파티는 지루했지만, 부족이 위치한 고원 정상은 정말 경치 한번 끝내주더군. 옛 지구의 아시아 대륙 깊숙한 곳에 자리 잡고 있던 장가계의 신비함을 고스란히 담은 듯한 절경이었어. 나는 경관에 매료되어 주변을 거닐다가 길을 잃고 말았지. 하필 통신기는 파티장에 두고 온 상태였고. 다시 정상으로 돌아가려고 했지만, 얽히고설킨 복잡한 갈림길은 나를 고원 중턱에 있는 깊은 숲으로 이끌고 말았지. 부족에서 쫓겨난 자들과 조우한 것은 바로 그 숲에서였어.

내전 중이라곤 해도, 우리 같은 외계인들을 경계하긴 해도, 우르수스인은 선량한 종족이라 할 수 있지. 내가 도움을 청하자마자, 곰둥이들은 머리를 맞대고 잠시 회의를 열더니, 아직 어린 축에 속하는 곰둥이 하나를 내게 붙여 주더군. 어릴 적 품고 자곤 했던 곰둥이 인형을 꼭 닮은 친구였어. 그렇게 나는 곰둥이 하나와 고원 정상으로 향하게 되었지. 그 친구는 유독 우울한 인상이었어. 표정 짓는 기능이 고장 났던 내 인형과는 바로 그런 점에서 절묘하게 닮아 있었지.

파릇파릇하게 젊은 곰둥이에게 악수를 청했지만, 외계인을 처음 보는 그 친구는 내 악수를 거절하더군. 아니, 악수가 뭔지도 몰랐을 거야. 그는 내 손을 툭 쳐 내고는 자기 등에서 짧고 부드러운 털을 몇 가닥 뽑아 토실토실한 뺨에 문질러 댔어. 불운을 쫓는 그들 종족의 의식 중 하나였지. 어쨌든 그게 바로 현 우르수스 대족장 케일나르와 첫 만남이었어.

케일나르, 애칭 나르에게 어째서 쫓겨났냐고 묻자, 성인식에서 탈락했다고 하더군. 쫓겨난 자들의 절반 정도는 성인식에서 탈락한 자들이라고 했어. 시찰단은 이 소외된 자들을 제대로 인지하지 못하고 있었지. 그 이유는 간단해. 이들은 '치욕스러운 자들' 혹은 '명예롭지 못한 자들'로 치부되어, '자격을 갖춘 자들' 사이에선 존재 자체를 입에 올리는 게 금지되어 있었던 거야.

쫓겨난 자들의 무리는 성인식뿐만 아니라 이런저런 임무에 실패한 자들로 가득했어. 전투에서 패배한 장군, 새로운 건축술을 시도했다가 실패한 건축가, 종교 행사에 새로운 곡을 도입했다가 화음이 괴상하다고 쫓겨난 음악가……. 그에 더해 이형(異形)으로 태어났거나 후천적 장애를 입은 이들도 적잖이 섞여 있었지. 그들은 하나같이 침울한 표정이었지만, 나르는 그중에서도 가장 심했어. 나르는…… 축 처진 눈이 꽤 귀엽기도 했지만, 정말 소심하고도 우울하기 짝이 없는 친구였지.

정상으로 돌아가는 길은 커다란 바위로 막혀 있었어. 산사태로 인해 정상에서 떨어진 바위라더군. 나르에게 다른 샛길로 가자고 말해 봤지만, 그 친구는 단칼에 거절했어. 샛길이 눈앞에 뻔히 보이는데도 말이야.

"미안해, 인간 친구. 하지만 나는 저 길은 한 번도 시도해 본 적이 없어. 다른 이들도 마찬가지고 말이야."

그 샛길은 동물들이 이용하는 길이라고 했어. 딱히 험해 보이지도 않았지만, 죽어도 그 길로는 못 가겠다는 거야. 위협적인 육식 동물이 출몰하는 길이 아니었는데도 말이지. 남들이 한 번도 안 가 봤다고 해도, 이번에 시도해 보면 되지 않겠냐며 재촉했더니, 나르는 급기야 눈물을 터뜨리더군.

"미안해, 인간 친구. 나는 다시는 실패하고 싶지 않아. 성인식 때는 누구도 가 보지 않은 지름길을 선택했다가 끝내 실패하고 말았어. ……이제 그런 쓴 경험은 하고 싶지 않아. 미안하지만, 우리의 손님이 된 인간 친구를 혼자 보낼 순 없으니까, 바위가 치워질 때까지 우리 부락에 머무는 게 나을 것 같아."

결국 나는 실패자들, 바꿔 말하면 추방자들과 함께 며칠간 지내야 했어. 꽤나 우울한 시간이었지. 그러면서도 퍽 흥미로운 시간이기도 했고.

그들은 내게 전통 놀이를 가르쳐 주었는데, 무려 다차원 위상수학과 복잡한 미적분을 빠르게 암산해야지만 참여할 수 있는 놀이였어. 정말로 기가 막힐 노릇이었지. 그래, 곰둥이 친구들은 하나같이 수학의 천재였던 거야. 나는 그들의 새로운 모습에 깜짝 놀라고 말았지. 그런데 더 경악할 만한 사실은, 그들이 그 놀라운 수학 능력을, 전통 놀이와 성인식의 퍼즐에만 쓴다는 거야. 수학은 필연적으로 과학의 발전과 기술적 진보를 돕는다는 선입견이 있던 나에겐 기이한 일이었지. 이들은 '전통'의 가치를 굉장히 중시했고, 그 전통적 가치 때문에, 수학을 새로운 일에 적용시키는 대신 겨우 몇 종류의 전통 놀이와 성인식에만 이용하고 있었던 거야.

그 놀이는 내겐 곤욕스러워 보이더군. 엄격한 벌칙을 피하는 일이 유일한 목적처럼 보일 정도였지. 놀이에 진 곰둥이들은 이틀 동안 고개를 들지 못했고, 먼 우물에서 물을 떠오는 벌칙을 받아야 했어. 시험 삼아 물통을 들어 봤는데 보통 무게가 아니더군. 나는 벌칙을 소화할 자신이 없어서 놀이에서 빠지려고 했지만, 어느 관대한 원로가 나는 예외로 해 주었어. 그 덕에 그 골치 아픈 놀이를 시도해 봤지.

내가 수학 석사 학위도 보유하고 있다는 건 자네도 잘 알고 있겠지. 수명이 엿가락처럼 쭉쭉 늘어난 시대가 열린 뒤로, 학위 수집이 유행하던 때가 있었어. 나는 그 유행에 편승했던 사람 중 하나일 뿐이고, 절대 내 자랑을 하려는 건 아니야. 어쨌든 종이와 펜이 있으면 어느 정도 복잡한 미적분은 그럭저럭 소화할 수 있었지만, 암산은 무리였어. 다차원 위상수학을 풀려면 최신식 양자 컴퓨터가 필요할 지경이었고 말이야.

도저히 그들의 놀이를 따라갈 수 없던 나는 그들에게 가위바위보를 가르쳐 주었지. 곰둥이들은 이 단순한 게임을 기피했어. 단지, 한 번도 해 보지 않았다는 이유로. 원로들은 손님 대접을 위해 한두 번 가위바위보를 하는 척이라도 해 줬지만, 다른 이들은 완고했어. 특히 나르가 가장 심했지. 그는 정말로…… 실패라면 끔찍이 두려워했어. 실패를 용납하지 않는 우르수스의 전통이 그를 소심하기 짝이 없는 존재로 만들어 놓았던 거야.

며칠 뒤에 바위가 제거되자 나는 무사히 고원 위로 돌아갈 수 있었어. 나를 걱정하던 동료들에게 쓴소리를 들었지만, 나는 건성으로 대답하고는 옛 생각에 잠겨 있었지. 나르를 만난 이후로 불쑥불쑥 예전의 내 모습이 떠오르곤 했으니까.

얼마 후, 나는 노트북을 비롯한 장비를 챙겨 들고 나르를 찾아갔어. 어떻게든 그를 돕고 싶었거든. 나는 나르에게 내 유년 시절 이야기를 들려줬어.

그래, 그래. 자네가 이 대목에서 인상을 찌푸리는 모습이 눈에 보이는군. 요즘 꼰대들은 구시대에 비해 수명이 연장된 만큼, 정말 끝도 없이 옛이야기를 반복하고 또 반복하지. 하지만 이번 건 적어도 자네에겐 처음 들려주는 이야기이고, 썩 나쁘지 않으니 한 번쯤 귀를 기울여 봐도 좋을 거야.

"이봐, 곰둥이 친구. 유채꿀이 참 씁쓸하면서도 달달하지? 이 꿀은 보통 꿀이 아니라 페르세우스 들판에서 채취한 고급 천연 꿀이야."

나르는 지난번엔 상대가 길을 잃은 손님이기에 어쩔 수 없이 어울렸지만, 명예롭지 못한 추방자가 나 같은 이방인과 사귀는 것은 금기라면서 나를 피하려 했어. 그래서 고급 유채꿀을 미끼로 쓰고 나서야, 겨우 나르를 '내 작전'에 끌어들일 수 있었지. 나르는 차(茶)에 쉴 새 없이 꿀을 섞어 넣으며 행복한 표정을 지었어. 덧붙이자면, 차에 가라앉은 꿀을 빨대로 빨아 먹는 것이 그들의 전통문화라네.

"꿀은 충분하니까 천천히 마셔. ……나르, 너를 보니까, 딱 내 어린 시절의 일이 떠오르지 뭐야. 너희들은 찻잔을 소중히 여긴다고 들었어. 그건 우리 이모도 마찬가지였지. 이모는 할머니에게서 물려받은 다기 세트를 무엇보다 소중히 여겼어."

나르는 유채꿀 차를 음미하며 내 말에 귀를 기울였어. 이야기를 다 들으면 꿀을 더 주겠다 꼬드겨 놓았으니까 말이지.

"그 무렵 나는 집안 사정 때문에 이모네 집에서 한동안 신세를 져야 했지. 정말 못 말리는 말썽꾸러기에 장난꾸러기였던 나는 어느 날 이모가 아끼던 다기 세트를 통째로 박살 내 버리고 말았어. 나도 그때 추방되었냐고? 아니, 그렇진 않았어. 하지만 차라리 추방되는 게 나을 정도로 혹독한 취급을 받아야 했지. 다기 세트를 깨뜨렸을 때, 나는 새로 만든 놀이를 하던 중이었어. 정확한 규칙은 기억나지 않지만 식탁 위에 뛰어오르고 내려오길 반복하는 놀이였지.

어쨌든 그날부터 새로운 놀이를 만드는 건 완전히 금지당했어. 그날 이후로 이모는 나를 차갑게 대했고 말이야. 그 분위기는 나보다 나이가 많은 사촌들에게도 그대로 전염되었어. 사촌들과 함께 비디오 게임을 할 때도 나는 욕설을 들어야 했지. 아…… 비디오 게임이라는 건 자네들이 하는 전통 놀이와 비슷해. 어떤 규칙이 있고 자기 순번이 있는 식이지. 순번 없이 동시에 진행되기도 하고."

거기까지 말했을 때, 나는 가방에서 게임 패드를 꺼내 나르에게 보여 주었어.

"이건 게임 패드라는 거야. 이걸로 비디오 게임이란 걸 즐길 수 있지. 게임은 원래 즐거운 놀이지만 더는 그렇지 못했어. 사촌들과 게임을 하다가 작은 실수라도 하면 하루 종일 엄청난 비난에 시달려야 했거든. 종종 주먹세례가 날아온 적도 있었지. 나는 실수하지 않기 위해 늘 마음을 졸여야 했어. 게임이 점점 두려워졌어. 게임뿐 아니라 어떤 새로운 시도도 나에겐 두려움으로 다가왔어. 이모와 사촌들은 사소한 실수에도 나를 비난할 태세를 갖추고 있었으니까.

'너는 그것도 못 하니? 우리 성연이는 잘만 하던데.'

'내가 네 나이 때는 벌써 네발자전거 졸업했어.'

실패에 대한 두려움이 나를 좀먹어 갔어. 사촌들과 비교당하는 것 또한 끔찍이도 두려웠지. 다행히 그런 생활은 6개월 만에 끝이 났어. 하지만 식객 생활이 끝나고 난 뒤로도,

실패에 대한 두려움은 사라지지 않았어. 사라지기는커녕 심해져만 갔지. 그래, 그때 나는 딱 너와 같았어. 무언가 새로운 시도를 해야 할 때면 저도 모르게 오줌을 지릴 정도였지. 그때 나를 구원한 것은 바로 어머니와 게임이었어.

"유진아. 너 진짜 이 게임 안 할 거야? 이거 무지 재밌는데?"

"……네, 안 해요."

고전 게임 마니아였던 어머니가 보여 준 건 아주아주 오래 전에 만들어진 게임이었어. 멜빵바지를 입은 콧수염 난 아저씨가 불을 뿜는 공룡을 물리치러 가는 그런 내용이었지. 그 게임은 최신 게임들과는 달리 8비트의 각진 그래픽에 음악도 어딘가 찌그러진 소리처럼 들렸어. 수염 난 배관공 아저씨가 거의 무조건 왼쪽에서 오른쪽으로 달려가면서 진행하는 무척 촌스러운 방식이었고.

"유진아. 사람은 말이야, 누구나 실수를 하는 거야. 실수해도 괜찮아. 이것 봐, 엄마도 맨날 게임하다 죽잖아. 봐 봐, 또 죽었네? 그치? 그래도 괜찮아. 다음번에 조금만 더 잘하면 되잖아.” 어머니가 콧수염이 난 캐릭터를 몇 번이나 죽여 가면서 그렇게 말했어.

그래…… 이제 와 돌이켜 보면 어머니는 이모를 닦달해 무슨 일이 있었는지 대충 짐작하신 눈치였지. 그래서 나에게 콧수염 난 배관공 아저씨를 소개해 주려고 했던 거야.

“다음번에도 못하면 어떡해요?” 어린 내가 울먹이며 말했어.

“그러면 그다음에 잘하면 돼. 그다음에도 그다음에도 또 그다음에도 기회가 있잖아. 봐 봐. 여기 컨티뉴(continue) 버튼만 누르면 돼.”

비디오 게임에서는, 너희들의 전통 놀이와는 달리 패배를 해도, 실수를 해도 크게 상관없었어. 원한다면 다시 도전하면 그만이었거든. 하지만 나는 실패가 너무 두려워서 게임 또한 멀리하고 있었던 거야.

하지만 어머니가 내게 다시 용기를 심어 주셨어. 어머니는…… 그날, 내게 실패의 진정한 의미를 가르쳐 주셨어. 바로 게임을 통해서 말이지. 게임은 특별한 공간이었어. 실패의 의미를 깨닫게 해 주는 그런 공간. 안전하게 실패하는 공간. 실패를 배우게 하는 공간. 실패를 통해 조금씩 앞으로 나아가는 연습을 하는 공간. 그렇게 세상을 향해 한 발 한 발 내디디는 연습을 하는 공간. 그것이 게임이라는 이름의 마법 공간이었어.

그날 나는 눈물과 콧물을 질질 흘리며, 몇 개월 만에 다시 게임 패드를 잡았지. 나는 덧니가 난 걸어 다니는 버섯과 부딪혀 죽고, 거북이 등껍질에 맞아 죽고, 파이프에서 미끄러져 구멍에 빠져 죽고, 시간제한에 걸려 죽었어. 실패하고 또 실패했지. 그럴 때마다 어머니는 내 머리를 쓰다듬으며 괜찮다고, 다음에 조금만 더 잘하면 된다고, 아니 다음에 더 못한다 해도 상관없다고, 꾸준히 도전하다 보면 어느새 다 잘 풀릴 거라고 말씀해 주셨어."

나르는 실패해도 안전한 공간이 있다는 이야기를 믿으려 하지 않았어. 실패를 연습하는 놀이가 있다는 이야기를 터무니없는 소리라고 일축했지. 그들의 전통 놀이는 벌칙을 피하는 것이 거의 유일한 목적이었으니 말이야. 나는 노트북을 꺼내 나르의 천막 안 탁자 위에 올려 두고는 에뮬레이터를 구동했어. 그러고는 어머니가 내가 소개해 줬던, 배관공 아저씨가 등장하는 게임을 실행했지.

나르에게 게임 패드를 건넸지만, 내 곰둥이 친구는 패드를 손에 쥐길 거부했어. 내가 시범을 보여 줘도 게임을 거부하긴 마찬가지였지. 나르가 게임을 시작하게 하는 건 힘든 일이었지만, 나는 실패를 거듭하면서 조금씩 나르를 게임으로, 배관공 아저씨가 등장하는 세계로 인도했어.

몇 주가 지나 마침내 나르가 패드를 손에 쥐고 게임을 시작했지. 거기까지 도달하는 데, 대량의 고급 유채꿀이 필요했음은 두말할 필요도 없을 거야.

나르는 느리지만, 조금씩 비디오 게임에 익숙해졌어. 어린 시절의 나처럼 눈물과 콧물을 흘려 가면서 조금씩, 안전한 실패를 거듭해 갔지. 그렇게 실패의 진정한 의미를 터득해 나아갔던 거야.

마지막 스테이지에서 마침내 국밥에서 이름을 따왔다는 공룡을 물리친 다음 달, 나르는 성인식에 다시 도전했어. 부족의 원로들은 성인식 탈락자가 재참가하는 것이 불가능하다고 말하면서 부족의 규정집을 뒤졌지만 사실은 그런 규정은 없었지. 역대 탈락자들 중 누구도 재참가를 희망하지 않았기에 재참가 규정 자체가 없었던 거야. 그래서 나르는 성인식에 다시 참가할 수 있었어. 나르는 숲을 질주하면서 중

간중간 정해진 자리에서 고난이도의 수학 퍼즐을 풀며, 골인 지점을 향해 나아갔어. 그는 수석으로 성인식을 끝마칠 수 있었지. 콧수염 난 배관공 아저씨 게임으로 단련된 나르는, 머릿속에서 수많은 실패를 거듭하며 코스를 반복해서 질주하고 또 질주했거든. 물론, 성인식 코스와 비슷한 환경에서 실제 훈련도 게을리하지 않았고 말이야.

완고한 원로들은 그를 불합격으로 처리했어. 이제껏 재참가가 허용된 전례가 없다는 것과, 나르가 누구도 이용하지 않았던 지름길을 선택했다는 이유였지. 하지만 나르는 그런 결과에 개의치 않았어. 이미 어른으로 성장해 있었으니까. 나르는 내가 선물한 노트북으로 배관공 게임을 추방자 무리에게 복음처럼 전파하며, 세력을 모았어. 우르수스의 완고한 전통, 즉 실패자에게 관용을 베풀지 않는 전통 때문에 여러 부족에서 추방된 자들의 수는, 그렇지 않은 자들의 숫자보다 훨씬 더 많았지.

어느새, 젊은 나르는 가장 거대한 부족의 부족장이 되어 있었어. 다른 부족들은 나르의 부족을 경계하는 걸 넘어, 힘을 합쳐 싸움을 걸어왔어. 치욕스럽고 명예롭지 못한 추방자 무리가 상승세를 타는 꼴을 그냥 두고 보지 못했던 거야.

나르가 상대하는 적들은, 무패를 자랑하는 명장들이었지.

나르는 몇몇 싸움에서는 이겼지만, 몇몇 싸움에서는 크게 패하고 말았어. 하지만 패배가 쓰라리면 쓰라릴수록, 나르는 더욱 강해졌어. 패배는, 실패는, 그를 성장하게 만들 뿐이었어.

그가 패배와 실패를 마냥 즐겼다는 건 아니야. 패배와 실패는 숙명적으로 좌절과 고통을 동반하니까. 하지만 어떤 좌절도, 어떤 고통도 결국엔 그의 자양분이 되었어. 결국, 나르는 모든 부족을 제패했어. 끝내 모든 부족을 통합하고 우르수스 역사상 처음으로 대족장으로 등극했지.

그래, 우르수스의 행성이 정치적으로 통합되지 않았던 것은 실패를 용납하지 않는 오래된 관습 때문이었던 거야. 어떤 명장도 단 한 번의 실수만으로 그대로 경질되고 말았으니까. 나르는 그 관습을 깨뜨렸기 때문에, 처음으로 행성을 하나로 통합할 수 있었지.

나르는 우르수스인의 탁월한 수학 능력을 새로운 분야에 적용하는 일을 두려워하지 않았어. 그 덕분에 우르수스 행성은 순식간에 선진행성으로 도약할 수 있었지. 수학은 과학적 기술을 발전케 하는 핵심적인 원동력인데, 그들은 누구보다 뛰어난 수학 능력을 타고났으니까.

시대 흐름도 그들 편이었어. 아광속을 대체하는 초광속

기술의 시대가 본격적으로 도래하기 시작했으니까. 사실, 당시엔 우르수스 행성의 자원은 플레마밖에 없다고 여겨지고 있었어. 그래, 그들이 조류를 만들었다고 표현하는 게 맞을 것 같군. 아광속이 뒤처진 기술이 되자 플레마의 가치가 급격히 하락해, 행성이 위기에 처했다는 분위기가 강했지만 나르가 돌파구를 찾아냈던 거지. 우르수스인들이 차세대 초공간 도약 기술의 선두주자가 된 건 어찌 보면 당연한 일이야. 그런 기술은 진보된 수학적 기술을 필수로 하는데, 우르수스인들은 누구보다 진보된 수학적 능력을 가지고도 도전적으로 발전시키고 있으니까.

*

여기까지가, 내가 자네에게 콧수염 난 배관공 아저씨가 그려진 밀봉팩의 조달을 요청한 이유일세. 이제 구닥다리 물건에 불과한 밀봉팩이 대족장의 선물로서 가장 적합하다는 나의 생각이 자네에게도 이해가 되길 바라네.

이제 슬슬 게임팩을 구동할 기계인 NES(Nintendo Entertainment System, 닌텐도 엔터테인먼트 시스템)를 제작하러 가야겠군. 대족장 취임 46주년 기념식까지는 이제 겨우 일주일밖에 남지 않았으니 말이야. 온갖 능력을 흡수하는 분홍색 생물과 몸을 둥글게 말아 돌진하는 파란 고슴도치, 그리고 왼손잡이 뾰족귀가 등장하는 구시대 소프트웨어들이 우르수스인들에게 영감을 줘, 새로운 개념의 초광속 통신 기술의 이론이 탄생하게 된 일화는 다음 기항지에서 만날 때 직접 들려줄 수 있을지도 모르겠네.

자네 덕분에 케일나르는 취임 46주년 기념식에서 최고의 선물을 받게 될 테고, 우리 연맹은 무척이나 유리한 조건으로 새로운 도약 기술을 빠르게 도입할 수 있게 될 걸세. 그리고 웜홀 붕괴 사태로 인해 발생한 수많은 이산가족들이 너무 늦지 않은 미래에 다시 만나게 될 테지.

남은 밀봉팩 한 개는 바로 은하 반대편에 고립되어 있는 우리 어머니를 위한 거라네. 그래, 앞서 언급한 것처럼 자네에게 부탁한 이번 일은 공적이면서도 지극히 사적인 일이었지. 그러니 자네에겐 공적으로도 사적으로도 깊이 감사하고 있다네.

다시 자네에게 또 다른 옛날이야기를 건넬 기회를 기다리며,

선장 한유진

존 프럼

저 멀리 아프리카 초원의 어린 동물들은 형제자매나 어른과 장난을 치면서 자연스럽게 사냥하는 법이나 맹수로부터 달아나는 법을 배운다고 한다. 유희를 통해 자연스럽게 무수한 실패를 반복하며 세상에 나아갈 준비를 하는 것이다. 실패에 관대한 선한 유희는 우리 인간의 본성 중 하나이기도 하다. 동심의 흔적이 남아 있는 한, 당신의 마음속에서도 찾을 수 있으리라.

제9회 한낙원과학소설상 우수 응모작

이새벽

절대 불행 소녀

지금까지 안 보이다가 왜 학교에 가려니까 눈에 띄는 걸까.

민주는 거울 앞에 서서 교복 치마 아래로 뻗어 나온 두 다리를 비춰 보며 생각했다. 왼쪽 다리는 석고로 빚은 듯이 털 한 올 없이 매끈거리는 데 반해 오른쪽 다리는 듬성듬성 까만 털이 자랐고 흉터나 멍이 든 자국도 보였다. 이래서야 한쪽 다리의 털만 정리하고 다른 한쪽은 잊은 사람처럼 보일 게 분명했다. 하긴, 지금까지는 항상 긴바지만 입고 다녔으니까, 모를 만도 하지.

민주는 커피색 스타킹을 꺼내 신고 집을 나섰다. 현관문이 닫히는 순간 엄마의 목소리를 들은 듯도 했지만 무시했다. 입원해 있느라 남들보다 보름 길었던 방학을 마친 후의 첫 등교였다.

학교로 향하며 민주는 몇 번이나 스마트폰을 들여다봤다. 혹시 은비에게서 답장이 왔을까 싶어서였다. 은비와의 채팅 창 가장 아래에는 민주의 메시지가 남아 있었다. 오늘부터 다시 학교를 나간다는 내용의 메시지 옆으로는 '읽음' 표시가 있었지만, 답장은 오지 않았다. 차라리 읽지나 말든가. 굳이 읽은 티를 내면서 답장은 보내지 않는 은비의 심리를 민주는 이해할 수 없었다. 채팅 창을 조금 위로 스크롤하자 은비가 마지막으로 보냈던 메시지가 나왔다. '오고 있어?' 그 다음 메시지는 민주가 보낸 거였다. '나 보러 안 올 거야?' 두 메시지 사이에는 일주일의 공백이 있었고 이후로는 민주만 메시지를 보내고 있었다.

"왔네?"

학교에 도착해 가방을 푸는 민주에게 옆자리 아이가 아는 체해 왔다.

"이따가."

민주는 그렇게 대답하고 곧장 교실을 나와 복도를 걸었다. 곧이어 방금 자신이 한 대답이 적절치 않았다는 사실을 깨달았지만, 나중에 사과하면 될 거라고 생각했다. 은비의 반인 C반은 복도의 반대쪽 끝에 있었다. 민주는 C반 앞으로 가서 안을 들여다보았다. 옆자리 아이에게 사과해야 한다는 사실은 이미 잊은 채였다.

은비는 보이지 않았다. 첫 교시의 시작을 알리는 종이 울릴 때까지 C반 앞을 얼쩡거리며 기다렸지만 은비는 끝내 나타나지 않았다. 민주는 C반 아이 하나를 붙잡고 물었다. 그 애는 C반 안을 대충 둘러본 뒤에 대답했다.

"안 왔나 보네. 걔 요즘 잘 안 와. 와도 금방 조퇴해 버리고."

학교에 오면 당연히 만날 수 있으리라 믿었던 민주는 뜻밖의 대답에 당혹스러웠다. 은비에게 하고 싶은 말도, 듣고 싶은 말도 많았다. 돌아서 반으로 들어가려는 아이의 등에다 김민주가 왔었다고 전해 달라는 부탁을 했다.

은비는 불행 특기자였다. 어른들은 액받이라고도 불렀다. 정식 명칭은 '비선호 선택 대행 봉사자'. 모두 틀린 말은 아니었다. 한 해 동안 남의 불행을 뒤집어쓴 대가로, 특기자 전형에 지원할 자격을 얻었으니까.

지금까지 밝혀진 바에 따르면 미래는 확률의 형태로 존재했다. 어떤 선택을 할 때마다 확률이 조금씩 뒤바뀌는 식이었다. 불행이란 수많은 미래 중에 나쁜 미래를 선택하도록 인간의 의식이 기울어져 있는 상태를 의미했다. 물론 좋고 나쁨은 인간의 관점이라지만, 그건 중요한 게 아니니까. 누구보다 먼저 나쁜 선택을 해서, 남들이 나쁜 선택지를 고르지 못하도록 하는 게 불행 특기자의 일이었다. 은비는 그 일을 민주에게 이런 식으로 설명했다.

"예를 들면, 사탕 봉지가 가득 든 바구니가 있어. 넌 바구니에 손을 넣고 하나를 고르면 돼. 그런데 문제는, 사탕이 없는 빈 봉지가 섞여 있다는 거야. 운 없는 사람은 몇 번을 해도 빈 봉지만 고르게 되겠지. 나는 그 사람들이 빈 봉지를 고르는 일이 없도록 먼저 빈 봉지를 골라 치우는 일을 하는 거야. 누군가는 해야 하잖아? 한 번은 사탕이 든 봉지를 잘 골랐다고 해도 누군가 고를 때까지 빈 봉지가 사라지는 건 아니니까."

귀여운 비유라고 민주는 생각했다. 현실은 전혀 귀엽지 않았지만.

처음 은비가 불행 특기자로 선발되었다는 이야기를 들려주었을 때, 민주는 깜짝 놀라지 않을 수 없었다. 그건 정말 불행한 애들이나 하는 일이 아니었나? 불행에 익숙해져서 더 이상 불행을 느낄 수도 없는, 갈 데까지 간 애들이나 하는 일이라고 들었는데.

불행 특기자가 되기 위해선 자신이 얼마나 불행한 삶을 살아왔는지 보여 주는 포트폴리오와 자기소개서를 제출해야 했다. 이어지는 몇 번의 면접을 통해서 웬만한 불행으로는 눈 한번 깜박하지 않을 수 있음을 보여야 했다. 다시 말해, 불행이 적성과 특기라는 것을 증명해야 했다. 그런 뒤에야 비로소 불행 특기자가 될 수 있었다.

누구는 그것이 특혜랬다. 다른 쪽에서는 복지라고 했고 또 다른 쪽에서는 인권을 모독하는 일이라고도 했다. 그러나 날이 갈수록 불행 특기자 선발의 경쟁률은 치솟았다. 정말 불행한 애들이 그렇게 많은 건지, 아니면 그냥 넣어 보는 것인지는 알 수 없었지만. 그 치열한 경쟁을 뚫고 은비가 불행 특기자가 됐다는 거였다. 민주는 어떻게 반응하면 좋은지 알 수 없었다. 축하한다고 해야 하나? 그러니까, 너의 불행을 축하한다고? 민주가 우물쭈물하고 있자, 은비가 말했다.

"드디어 주은비 인생에도 행운이 찾아온 거지."

은비의 그 말끔한 말 덕분에 민주는 대수롭지 않게 넘길 수 있었다. 하긴, 불행이나 행운은 언제나 한꺼번에 찾아오는 법이었다. 불행이 불행을, 행운이 행운을 몰고 왔다. 그렇다면 이 행운을 시작으로 은비의 인생에 앞으로 줄줄이 행운이 찾아오지 않을까. 민주는 정말 그러길 바랐다.

물론 옆에서 은비가 불행을 겪는 모습을 지켜보는 건 전혀 유쾌하지 않았다.

은비가 갑자기 스마트워치를 확인하면 시작이었다. 진동으로 신호를 주는 모양이었다. 이어서 은비는 처음 보는 기계의 설명서를 읽기라도 하는 사람처럼 한참 스마트폰을 들여다보다가 움직이기 시작했다. 민주에게 어떤 언질도 없이 처음 보는 카페로 들어간다거나 운동장 가장자리로 가서 가만히 서 있는 식이었다. 때로는 일부러 가방을 활짝 열고 걷는 이해하기 어려운 행동도 보였다. 그러면 곧 불행이 왔다. 음료를 뒤집어썼고 날아오는 축구공에 머리를 맞았다. 갑작스레 내린 비로 가방 속 물건까지 죄다 젖어 버렸다. 그건 마치 은비가 불행이라는 자동차가 쌩쌩 달리고 있는 고속도로로 뛰어드는 일처럼 느껴졌다.

그러나 그럴 때마다 은비는 한마디의 말로 마법처럼 상황을 역전시켰다.

"얼마나 좋은 일이 일어나려고 이러냐."

은비가 그렇게 중얼거리면 묘한 일이 벌어졌다. 음료를 엎지른 사람은 미안하다며 세탁비에 더불어 가장 비싼 음료를 열 잔은 족히 먹고도 남을 금액의 선불 카드를 주었다. 축구공을 쏜 사람은 잡지 못했지만, 그건 공짜 축구공이 생겼다는 의미랬다. 가방을 버린 다음 날에는 요즘 가장 유행하는 디자인의 가방을 보상으로 받았다. 새 옷 냄새를 물씬 풍기는 가방을 품에 안은 채 은비는 의기양양하게 민주를 바라보았다. 내 말이 맞지? 그런 표정이었다. 은비의 긍정 앞에서 민주는 차마 차라리 안 일어났으면 좋았을 일이라고, 네가 축구공은 어디 쓸 거냐고 딴지를 걸 수 없었다. 그저 함께 긍정하고 즐거워하는 게 최선이었다. 그러다 보면 정말 괜찮은 일로, 뜻밖의 행운으로 느낄 수 있었다. 낙관할 수 있었다.

그 사고가 있기 전까지, 민주는 정말 그랬다.

사고는 순식간이었으나 원인은 복잡했다. 자율주행 차량의 브레이크가 고장 난 게 근본적인 원인이었다. 거기에 몇 가지 불운이 뒤따랐다. 하나, 그 차량이 폭발 가능성이 있는 물질을 싣고 있었다는 것. 둘, 사람의 통행이 적지 않은 길이었다는 것. 셋, 사람을 피하기 위해 차량이 선택할 수 있는 경로에 가스 설비가 있었다는 것. 인공지능은 인명 피해가 생길 확률이 가장 낮은 쪽으로 방향을 틀었다.

민주를 향해서.

수사관의 말을 들으며 민주는 참 공교롭다고 생각했다. 하나의 불행이 또 다른 불행을 만나 조금 커지고, 그 불행이 또 다른 불행을 만나 다시 몸집을 불리더니 어마어마한 크기가 되어 민주를 향해 움직였다. 그 사고로 민주는 한쪽 다리를 잃었다. 불행의 연쇄 중 하나라도 없었더라면 절대 일어나지 않았을 일이었다. 그 모든 게 자신을 향해 돌진할 수밖에 없도록 설계된 상황인 것만 같다고 민주는 느꼈다.

사고 순간, 민주의 옆에는 은비가 함께 걷고 있었다.

하교 시간이 될 때까지도 은비는 등교하지 않았다.

민주는 교문을 나선 뒤 버스 정류장으로 갔다. 얼마 지나지 않아 정류장으로 들어온 버스에 올라 창가 자리에 앉았다. 이 시간에는 하교하는 아이들로 항상 만석인데, 운이 좋았다. 민주는 창문에 이마를 기댄 채 휙휙 바뀌는 풍경을 바라보다가 문득 엄마가 데리러 오기로 했었다는 사실을 떠올렸다. 주머니에서 스마트폰을 꺼내자 기다렸다는 듯 전화가 걸려 왔다. 엄마였다.

-어디야?

"응, 엄마. 깜박했다. 나 친구 보고 가려고. 미안."

잠깐 대답이 돌아오지 않았지만 긴 시간은 아니었다.

-그래, 다리 조심하고. 저녁 먹고 오니?

"글쎄, 정해지면 알려 줄게."

-알겠어. 사랑해.

민주는 응, 나도, 말하고는 전화를 끊었다. 사고 이후로 엄마는 민주에게 사랑한다는 말을 부쩍 자주 했다. 엄마의 마음을 모르는 게 아니었기에 민주도 노력하고 있었지만 솔직히 이해하기 어려웠다. 그냥 예전처럼 행동하면 안 되는 걸까? 아니, 그냥 익숙해질 시간이 필요한 거야. 엄마한테도 나한테도. 민주는 스스로를 다독였다.

민주는 비시티 아파트 앞에서 내렸다. 고개를 들고 아득하게 높이 솟은 아파트의 꼭대기를 바라보았다. 바로 아래에서 올려다보면 아파트는 꼭 하늘을 떠받치고 있는 기둥 같았다. 양옆으로 길게 늘어진 직육면체라는 점에서는 성벽처럼 느껴지기도 했다. 성벽이라면 무얼 막기 위해 이렇게 거대한 걸까. 그러나 실제로 이 아파트가 막고 있는 거라고는 풍경밖에 없었다. 민주는 자연스럽게 공동 현관 비밀번호를 입력하고 실내로 들어가 엘리베이터를 탔다. 옥상으로 가기 위해 꼭대기 층의 버튼을 눌렀다. 옥상도, 공동 현관의 비밀번호도 모두 은비가 알려 준 거였다.

3년 전, 중학교 2학년 여름 방학이었다.

은비가 갑자기 민주에게 평생 잊지 못할 추억을 만들어 주겠다며 따라오라고 했다. 그렇게 말해 놓고 비시티 아파트로 들어가 버리는 은비를 보며 민주는 당황할 수밖에 없었다. 민주의 기억에 비시티 아파트는 은비의 집이 아니었고 민주의 집은 더더욱 아니었다. 은비가 이사했다는 이야기는 들어 본 적도 없었다. 그러나 은비가 자동문 앞에 버티고 서서 얼른 들어오라고 손짓하는 바람에 따라 들어가는 수밖에 없었다. 입구에서 실랑이를 벌이는 게 더 수상해 보일 테니까.

은비는 옥상으로 통하는 문 앞에서 놀이공원의 직원처럼 장난스럽게 말했다.

"기대하셔도 좋습니다."

그러더니 옥상 문을 열었다. 빛이 쏟아져 들어왔다. 기나긴 터널 속에서 저 멀리 있는 출구를 보는 것처럼, 빛 때문에 한 치 앞도 보이지 않았다. 은비가 먼저 빛으로 들어갔다. 민주가 뒤따랐다. 밖으로 나가는 순간, 잠깐 눈앞이 새하얘졌다가 곧 시야가 돌아왔다.

광안리 바다의 수평선 너머로부터 거대한 흰 구름이 떠오르고 있었다. 수면이 여름 햇빛을 수천 개의 조각으로 갈라놓았다. 광안대교 위를 지나는 자동차들은 마치 거미줄 위를 구르는 물방울처럼 보였다. 움직이는 매 순간 반짝거림이 변했다. 오래 보았다간 눈이 타들어 갈 것만 같은 광경이었다. 그러나 시선을 뗄 수 없었다. 바람이 불었다. 짠 냄새가 났다. 그러기엔 제법 멀었는데, 바다 냄새를 선명히 맡을 수 있었다.

"내가 말했지!"

은비가 손차양을 만들어 바다를 바라보며 우쭐거렸다. 민주도 같은 자세로 바다를 바라봤다. 머리카락과 치마가 바람에 거칠게 펄럭거렸다.

"이런 데는 어떻게 알았어?"

민주가 물었다. 거센 바람이 쉬지 않고 불어서 소리쳐야 했다. 은비가 몸을 돌려 바다와 마주 보는 산을 가리켰다. 산 중턱에는 중학교가 있었다. 학교가 저쪽에 있었구나. 민주는 생각했다.

"음악실에서 이쪽 본 적 없지?"

은비는 틈만 나면 학교의 꼭대기 층에 있는 음악실을 들락거리며 피아노를 쳤다. 1학년 때까진 아직 비시티 아파트가 완공되기 전이라, 시야가 탁 트여 있었다. 피아노에 앉아 고개를 들면 꼭 바다가 보였다. 바다를 바라보는 그 순간을 평생 그리워하게 될 거라는 걸, 그때 이미 알았다고 은비는 말했다. 이듬해 봄에 아파트가 들어서며 시야가 막혔지만, 이 정도 높이의 건물은 비상시에 대비해 언제나 옥상이 개방되어 있어야 한다는 사실을 알게 된 이후로 공동 현관의 비밀번호를 알아내려고 애를 좀 썼다고 덧붙였다.

말을 마친 은비는 옥상 저편으로 가서 비품 적재함을 열었다. 그곳에 숨겨 둔 멜로디카를 꺼내 돌아오더니 바닥에 털썩 주저앉았다. 은비는 숨을 불어넣는 호스의 입 닿는 부분을 치마로 슥슥 닦으며 소리쳤다.

"너도 이제 나랑 같아. 평생 이 광경을 그리워하게 될 거야."

곧이어 은비의 연주가 시작됐다. 처음에는 바람 소리에 묻혀서 잘 들리지 않았는데 연주가 계속되자 거짓말처럼 바람이 잠잠해졌다.

은비의 말이 맞았다. 이후로 민주는 종종 그때 그 순간의 모든 것이 그리웠다.

옥상 비품함에는 여전히 은비의 멜로디카가 있었다. 민주는 고개를 들고 바다가 있는 쪽을 바라보았다. 광안리 앞바다의 모습도 여전했다. 바다 위로 길게 이어져 있는 광안대교를 지나는 자동차도 다름없었다. 거센 바람이 불었고 바람에서는 짠 냄새가 느껴졌다. 민주는 비품함에서 멜로디카를 꺼내 들며 생각했다. 멜로디카는 계속 연주할까? 은비는 이제 피아노를 치지 않았다. 민주는 입 대는 부분을 교복 셔츠로 닦은 뒤 바람을 불어 넣었다. 건반을 누르자 삑삑거리는 웃기는 소리가 났다. 몇 번 더 건반을 누르다가 멜로디카를 비품함에 다시 집어넣고 근처에 앉았다. 스마트폰을 꺼내 메시지를 확인했지만 여전히 은비의 답장은 없었다.

민주는 해가 질 때까지만 기다릴 생각이었다. 오늘 만나지 못한다면 내일 다시, 그다음 날 또 다시, 그렇게 만날 때까지. 은비가 그랬던 것처럼.

은비는 초등학교 3학년 때 민주의 반으로 전학했다. 처음부터 서로가 마음에 들어 친하게 지낸 건 아니었다. 은비가 좀 집요하게 들러붙었다. 민주는 그런 은비가 귀찮아 때때로 모질게 굴기도 했지만, 결국에는 은비의 뜻대로 친해지게 되었다. 이렇다 할 계기는 없었다. 은비가 항상 옆에서 얼쩡거려 너무 익숙해졌을 뿐이었다. 안 보일 때마다 무심코 찾다 보니 자주 눈이 마주쳤고, 눈이 마주치면 은비는 기다렸다는 듯 말을 붙였다. 계속 무시하기도 머쓱해 몇 번 대답하다 보니 먼저 말도 걸게 되었다. 그런 식이었다. 나중에서야 그때 왜 그랬냐고 민주가 묻자 리코더를 잘 불어서 좋았다고 은비는 대답했다. 리코더라니. 민주는 이제 악보 읽는 방법도 제대로 기억하지 못했다. 손가락으로 짚어 가며 겨우 도레미를 찾을 수 있는 수준이었다.

한번은 은비가 사라졌던 적이 있었다. 중학교 2학년 여름 방학이 끝난 직후였다. 개학하고 학교로 돌아왔을 때, 은비의 자리가 비어 있었다. 연락도 받지 않았다. 선생님에게 물었을 때야 은비가 전학했다는 사실을 뒤늦게 알게 됐다. 선생님은 당혹스럽다는 듯 둘이 그렇게 친했는데 어떻게 모를 수 있냐고 되물었다. 민주야말로 묻고 싶었다. 어떻게 한마디 말도 없이 사라질 수가 있지? 도대체 날 뭐라고 생각했으면 그럴 수 있는 걸까? 그러다 민주는 은비가 자신에게 그 옥상을 가르쳐 준 이유를 깨달았다. 떠날 생각을 하며 혼자서 마지막으로 추억을 나눈 것이었다.

고등학교에 진학해 은비를 다시 만났다. 조용히 사라졌던 것처럼, 은비는 돌아올 때도 소리 소문 없이 돌아왔다. 민주는 큰 배신감을 느꼈다. 은비가 말없이 사라져서가 아니라 돌아올 때까지도 아무런 연락이 없었다는 사실에 실망감이 더 컸다. 그러나 은비는 마치 자신이 사라졌던 시간이 아예 존재하지 않는 것처럼 굴었다. 처음 민주와 친해졌던 그 방법으로 다시 민주에게 다가왔다. 집요하고 끈질기게. 아무 일도 없었다는 듯, 민주의 옆에서 얼쩡거렸다. 민주는 속수무책이었다. 은비를 멀리하고 싶다는 마음보다, 어쩌면 예전처럼 지낼 수 있을 거라는 희망이 더 컸다.

그러니까 민주는 은비를 만나야 했다. 이번만큼은 은비가 저 혼자 사라져 버리는 꼴을 보고 싶지 않았다.

하루, 이틀, 일주일이 지났다. 민주는 매일같이 옥상에서 은비를 기다렸다. 해가 지며 광안리 바다가 붉게 물들고 하늘이 자몽 색이 되면 돌아갈 때였다. 오늘도 은비는 나타나지 않았다. 광안대교의 불이 켜지며 낮과는 다른 방식으로 반짝거리고 있었다. 민주는 이만 돌아가야겠다고 생각하며 자리에서 일어나 엉덩이를 털었다. 다리가 저렸다.

계단으로 통하는 입구의 문을 열려고 손을 뻗는 순간, 문이 먼저 열렸다. 문 너머에 은비가 있었다. 민주를 보고 놀란 듯 두 눈이 휘둥그레졌다.

"너 만나기 정말 어렵다."

민주가 말했다.

둘은 걷기로 했다. 여름이 끝나 가고 있었다. 바람이 선선했다.

"잘 지냈어?"

민주가 물었다. 어떻게 대화를 시작해야 좋은지 알 수 없어 아무렇게나 꺼낸 말이었다. 은비는 고개를 끄덕일 뿐 별다른 말이 없었다. 민주는 '어떻게' 지냈냐고 다시 물었다.

"조사받아."

"조사?"

"내 근처에서 큰 사고가 있었으니까."

"네 영향이 있을지도 모르니까?"

은비가 민주를 바라봤다. 곧 시선을 피하며 고개를 끄덕거렸다. 민주가 피식, 웃더니 보란 듯이 왼쪽 다리를 앞으로 쭉 뻗으며 말했다.

"내 다리 어때?"

은비의 시선이 민주의 다리로 향했다. 짧은 순간 소스라치듯이 두 눈을 질끈 감았다가 떴다. 민주는 은비의 반응을 놓치지 않았다. 둘 사이에 침묵이 내려앉았다. 먼저 다시 입을 연 건 은비였다. 한숨을 길게 내쉬고는 말했다.

"어떤 대답을 듣고 싶은 거야?"

"글쎄, 생각해 보지 않아서 모르겠네."

은비가 황당하다는 듯 헛바람을 내뱉고는 입을 앙다물었다. 민주는 개의치 않았다. 그저 복수하고 있다고 생각했다. 그동안 자신이 힘들어한 만큼은 아니더라도 은비가 좀 힘들기를 바라는 마음이었다.

저 멀리 건물 사이로 바다가 보였다. 바다까지 큰길이 쭉 이어져 있었다. 민주가 그쪽을 가리켰다.

"재밌는 이야기 해 줄게. 새로 다리를 달면서 비뚤어져 있던 골반을 교정했거든? 그러니까 시야가 묘하게 이상한 거야. 세상이 예전보다 좀 비뚤어져 보이는데, 이전의 내가 비뚤게 보고 있었던 거라고 의사 선생님이 말하더라고. 그럴 수가 있나?"

민주가 고개를 이쪽저쪽으로 기울여 보았다. 은비는 대답하지 않았다.

"왜 연락은 안 했어?"

"할 수 없었어. 폰을 가져갔거든. 보지도 말고 듣지도 말고, 상담 선생님이 당분간은 그러는 게 좋을 거래."

옳은 판단이었다. 민주와 은비를 둘러싼 사건으로 불행 특기자 제도의 실효성이 의심받는 상황이었다. 때때로 은비를 향한 비난이 펼쳐지기도 했다.

"와, 네가 그렇게 어른들 말을 잘 듣는 애인 줄 몰랐네."

민주가 비아냥거렸다. 그러다 문득 상황이 어떻게 돌아가고 있는지 이해했다. 어른들은 은비가 이 일로 마음을 다칠까 봐 걱정스러워 그랬을 것이다. 모두가 은비를 보호하려고 했겠지. 외부의 비난으로부터. 자신이 병원에서 고통스러워하는 동안 은비는 보호받고 있었던 것이었다. '조사'라는 것도 어쩌면 한동안 은비를 세상으로부터 떼어 놓으려는 조치가 아니었을까. 거기까지 생각이 닿은 민주는 어이가 없었다. 그게 그런다고 될 일인가? 최소한의 형식, 최소한의 책임, 고작 그런 거 아닌가? 곧 은비를 괴롭히는 것도 지겨워졌다. 민주는 입을 다물었다.

말없이 걷다 보니 어느새 해변이었다. 둘은 해변 공원으로 가서 벤치에 앉았다.

공원은 소란스러웠다. 사람들이 여기저기에다 돗자리를 펼치고 술을 마시고 있었다. 또 다른 쪽에는 떡볶이나 꼬치, 어묵, 번데기탕을 파는 포장마차가 모여 있었다. 이런저런 음식 냄새가 뒤섞여서 바닷바람에 실려 왔다. 모래사장에는 LED 전구로 장식된 풍선을 들고 신나서 뛰어다니는 아이가 보였다. 아이의 부모로 보이는 두 사람이 느긋하게 발걸음을 옮기면서도 아이에게서 시선을 떼지 않았다.

"대학생이 되면 우리도 저기서 술 마시고 있겠지?"

민주가 물었다. 대답이 돌아오지 않았지만 상관하지 않고 계속 말했다.

"서울에 있는 대학에 가도 방학에는 올 수 있을 테니까."

민주는 종종 대학생이 된 모습을 상상하곤 했다. 무슨 과에 가서 어떤 공부를 하게 될까. 성실할까? 아니면 매일같이 술이나 마시며 성적은 신경 쓰지도 않을까? 옥상에서 은비를 기다리며 그 상상에다 은비의 모습을 덧씌우기도 했다.

같은 대학에 가게 될 것 같진 않았지만, 혹시 모를 일이니까. 상상은 자유니까.

"너랑 같은 대학에 다니면 어떨까, 생각한 적도 있어."

그때까지 고개를 숙인 채 땅만 내려다보고 있던 은비가 민주를 쳐다보았다. 누군가 폭죽을 쏘아 올리는지 해변 쪽에서 날카로운 소리가 들렸다. 민주는 소리가 난 쪽을 바라보았다. 반짝이는 불꽃들이 아래로 흘러내리다가 허공에서 다 타 사라져 버렸다.

"넌 어때? 넌 그런 상상 해 본 적 없어?"

"있어. 하지만…… 이제는 모르겠어. 난 정말 모르겠다."

"그러게."

민주는 다시 해변으로 시선을 돌렸다. 방금 폭죽을 쏜 사람들이 경찰에게 훈계를 듣고 있었다. 해변에서 폭죽을 쏘는 건 금지였다. 그러나 저녁에 해변으로 산책을 나올 때마다 폭죽을 쏘는 사람들을 보곤 했다. 얼마나 재밌으면 금지란 걸 알면서도 계속하는 걸까. 민주는 짐작해 보았지만, 알 수 없었다.

"그래도 하려고 했으면 연락할 수 있었을 텐데."

문득 민주가 말했다.

그렇게 말하고 나서야 비로소 깨달았다. 은비에게 하고

싶었던 말은 애초에 그게 전부였다. 은비는 대답하지 않았다. 어차피 대답을 듣고자 했던 말도 아니었으므로 민주는 신경 쓰지 않았다. 처음부터 알고 있었다. 사고는 은비의 탓이 아니었다. 잘못이 있다면 그건 자동차의 브레이크를 제대로 점검하지 않은 사람에게 있었다. 그런 위험한 물질을 싣고 사람이 많은 거리를 지나도록 경로를 설정한 사람에게 있었다. 충분한 안전장치를 설치하지 않은 자동차 제조사에 있었다. 그리고 한 사람과 수많은 사람의 불행을 마음대로 저울질한 어른들에게 있었다. 그러고는 뒷짐 지고 한발 물러서서, 은비가 아무것도 모를 거라고 생각하는 그들에게.

그러나 민주는 그 모든 말을 삼키고는 대신 이렇게 물었다.

"그때 진심이었어? 나쁜 일들이 생길 때마다 그게 실은 행운이라고 그랬잖아. 정말 그렇게 믿었어?"

은비가 민주의 얼굴을 똑바로 보았다. 희미하게 미소 짓더니 대답했다.

"그럴 리가."

민주는 피식 웃었다.

폭죽을 쏜 사람들에게 훈계를 마친 경찰이 민주와 은비를 향해 걸어왔다. 경찰은 둘에게 이 시간에 여기서 뭘 하고 있는지 물었다. 민주는 그냥 산책 중이었다고, 산책 중에 잠깐

쉬고 있었을 뿐이라고, 이제 돌아갈 거라고 대답했다. 경찰은 고개를 주억거리고는 순찰차로 돌아갔다. 민주는 해변을 따라 이어진 도로를 타고 멀어지는 순찰차의 뒷모습을 바라보다가 자리에서 일어났다. 어느새 완전히 어두워져 있었다. 은비를 향해 돌아서서 물었다.

"불행 특기자, 얼마나 남았어?"

"사 개월 정도."

"그래, 끝나고 연락해. 난 이제 불행 특기자는 지긋지긋해서."

문득 폭죽이 터지는 소리가 났다. 그새 또 누군가가 폭죽을 쏘아 올린 모양이었다. 민주는 몸을 돌려 허공을 둘러보았다. 불꽃은 보이지 않았다. 즐거운 환호성만이 들려왔다.

이새벽

나쁜 일만 일어나는 것처럼 느껴질 때마다 얼마나 멋진 미래가 기다리고 있기에 이럴까, 생각하곤 합니다. 이 소설을 쓰고 여러분께 보여 드리는 일도 오래 기다려 온 미래입니다. 만나서 반갑습니다. 우리, 오래 보아요.

제9회 한낙원과학소설상 우수 응모작

나현

마지막 차사와 혼

"이 동네에 귀신 있대."

"뭐? 그럼 진짜 죽은 거야?"

박물관 탐방이 지루했던 애들과 괴담은 N극과 S극의 만남이었다. 나만 유일하게 조용했다.

"나도 들었어! 여기서 이십 분 떨어진 골목인데 허공에서 목소리가 들린대. '도와줘, 도와줘요'라고."

"으, 소름 끼쳐. 차원, 넌 귀신을 믿어?"

애들의 시선이 내게 모였다. 나는 고개를 저었다.

"귀신이라니. 그런 건 다 옛날이야기잖아."

200년 전부터 죽는 사람이 손에 꼽힐 정도니, 귀신 소리도 자연스럽게 사라졌다. 인간은 고치지 못하는 병이 없고 육체의 노화도 멈출 수 있었다. 대화 소리가 점점 커지자 앞서 걷던 선생님이 뒤를 돌아보았다.

"자, 그만 떠들고 관람에 집중하렴. 미래를 잘 계획하려면 우리가 살아온 역사도 놓치지 않고 열심히 되짚어 봐야지."

중학생이 되고부터 거의 매일 듣는 소리다. 수명이 길어진 만큼 계획을 잘 세워야 한다나. 말뿐만이 아니라 지난 3주간 직업 체험 학습을 수없이 해야 했다. 이 생활사 박물관 탐방도 그중 하나였다. 솔직히 박물관과 직업 사이의 연관성은 모르겠지만.

어느새 대화 주제는 귀신 이야기에서 장래 희망으로 넘어갔다. 나는 대화에 끼지 않기 위해 멸종된 동식물, 종이책, 운전기사, 핸들이 달린 차, 비행기 등 대부분 세상에 존재하지 않는 것들에 시선을 두었다. 빠르게 변한 세상만큼 사라진 것들은 아주 많았다. 하지만 나는 이곳에조차 없는 한 가지를 알고 있었다. 사람들은 존재조차 모르는, 사라져 가는 직업을.

큐레이터와 함께하는 관람이 끝난 뒤 자유 시간이 주어졌다. 나는 친구들과 2층으로 올라갔다. 2층에는 기념품 상점과 세상에서 가장 오래된 인공지능 로봇이 있었다. 그 휴머노이드, '케이'는 2022년에 만들어져 2620년인 지금까지도 작동하고 있었다. 600년 가까이 세상을 탐험하다가 지금은 박물관에서 한적하게 노후를 보낸다고 했다. 사람들의 고민을 듣고 조언해 주면서.

"너희는 케이에게 뭘 물어볼 거야? 나는 나 대신 미래 계획이나 세워 줬으면 좋겠어."

그렇게 말한 친구는 장래 희망으로 가상 패션 디자이너를 고민하고 있었다. 그 옆에 서 있던 애가 씩 웃으며 고개를 저었다.

"난 인생 상담할 생각은 없어. 그보다는 이번에 새로 맞춘 촉수 모양 손가락을 보여 줄 거야. 이걸로 숙제 세 개를 동시에 하는 거 알면 기겁하겠지? 케이가 놀라는 표정을 직접 내 눈으로 보고 싶어."

다른 애들도 비슷한 생각을 한 건지 고개를 끄덕였다.

케이의 놀라는 표정이라. 나는 인터넷에 올라온 사진이나 동영상으로 여러 번 보았다. 케이는 이 박물관에서 가장 인기 있는 존재다. 진지한 조언 도중 불쑥 튀어나오는, 시대에 뒤떨어진 모습 때문이었다. 2022년에 만들어진 이 휴머노이드는 대개 인공지능이 그러듯 인간의 행동을 보고 학습했다. 케이는 촉수, 날개, 아가미, 수십 배의 단맛을 느낄 수 있는 혀 같은 기계 장치로 몸을 꾸민 사람들을 보면 경악했다. 게다가 사람들이 전통적인 가치의 중요성을 잊는다며 한탄했다. 기술 발전으로 요즘은 거의 그리지 않는 그림이나 소설, 시, 태권도, 무용, 마라톤, 양궁 등의 명맥을 이어야 한다

나. 나는 케이 덕분에 옛날 옛적에는 인간의 힘으로 활을 쏴서 70미터 떨어진 과녁을 맞혔다는 걸 처음 알게 되었다. 요즘 올림픽에서는 각국이 개발한 기계 장치로 2킬로미터 떨어진 과녁에 활을 쏜다.

나는 어른과 대화할 때면 종종 세대 차이를 느끼는데, 케이는 그걸 가뿐히 뛰어넘는 수준이었다. 우습게도 사람들은 그런 모습을 재밌어했다. 곧 케이와 만나게 되겠지만 딱히 기대가 되진 않는다. 오히려 답답할 것 같은데.

그러나 우리는 케이를 볼 수 없었다. 그가 있어야 할 자리에 웬 가림막이 처져 있었다. '점검 중'이라는 홀로그램 푯말만 발견했다. 세상에서 가장 오래된 휴머노이드는 시도 때도 없이 자리를 비웠다. 오래된 탓에 문제가 자주 발생하는 모양이었다. 보통 하루 이틀 안에 해결되었지만, 일주일 넘게 점검할 때도 있었다.

"칫, 고물 같으니라고. 기념품 상점이나 가자. 근데 차원, 너 지금 진짜 박물관에 있어?"

"정말? 대체 왜?"

도시의 공공장소라면 어디든 홀로그램 서버와 그걸 투영하는 장치가 있어서 사람들은 집에서 나올 필요가 없다. 다른 애들은 모두 집에서 홀로그램으로 이곳에 접속했다. 하지만 오늘 내겐 직접 나와야만 할 이유가 있었다. 그 이유를 털어놓을 수는 없었기에 대충 얼버무렸다.

"집에만 있으니까 좀 답답해서."

박물관에서 나온 건 오후 2시였다. 잿빛 구름이 해를 온통 가리고 있어 한낮인데도 흐리고 으스스했다. 나는 허공에서 형형색색으로 빛나는 피자, 치킨, 화장품 홀로그램 광고를 빠르게 지나쳤다. 목적지에 가까워질수록 점점 숨이 찼다.

"그냥, 그냥 확인만 해 보는 거야. 명부가 있는데 혼이 떠돌 리가……."

그렇게 중얼거리며 문제의 골목으로 들어갔다. 아직 가로등이 켜지지 않아 시커멓게 그늘져 있었다. 나는 빠르게 골목을 눈으로 훑으며 반대편 입구까지 나아갔다.

"역시 없잖아."

움직이는 거라곤 쓰레기통 위에 앉은 고양이 두 마리가 전부였다. 긴장이 풀리자 참았던 숨이 한번에 터져 나왔다.

그것이 정말 있다면 내가 보지 못할 리가 없었다. 그대로 골목에서 나가려는데 뭔가 이상했다. 고양이들이 한곳을 뚫어지게 보고 있었다. 나는 그 시선을 따라 쓰레기통 뒤편을 살펴보았다. 그리고…… 그것을 발견했다.

"진, 진짜!"

나는 비명을 지르다 급히 입을 틀어막았다.

입김처럼 금방이라도 사라질 듯한 하얀 형체. 두 뼘 길이에, 연기를 억지로 뭉친 것 같은 모습이었다. 할머니 서재에 있던 책 속 내용이 떠올랐다. 사람은 죽으면 정신이 육체와 분리된다. 흔히들 그걸 귀신이라고 말하지만, 책에서는 '혼'이라고 불렀다. 그 책의 설명이 맞다면 쓰레기통 뒤에서 오들오들 떨고 있는 저것은 혼이 분명했다.

할머니의 책에는 혼을 저승까지 인도하는 '저승 차사'에 대해서도 적혀 있었다. 차사는 죽은 사람의 혼이 영원한 안식처인 저승으로 갈 수 있도록 안내하는 가이드 같은 직업이다. 생명이 다한 사람의 이름이 순서대로 '명부'라는 목록에 올라오면, 차사는 그 사람을 찾아간다. 그리고 그의 이름을 세 번 부르면 혼이 차사를 따라나선다.

두 눈으로 보고 있음에도 믿기지 않았다. 요즘 세상에도 죽는 사람이 있나? 아니, 아주 드물게 있긴 하겠지. 그런데 어째서 저승이 아니라 이 골목에 있는 걸까. 모습은 왜 저렇고? 보통 혼은 사람 형체를 유지한다고 했다.

"정말 혼인가?"

나는 놀람, 흥분, 걱정 그리고 약간의 기대로 몸이 떨렸다.

예상과 달리 초라하고 연약한 모습이어서 무섭지는 않았다. 그때 하얀 형체가 내 중얼거림에 반응했다. 허공을 날아 내 앞까지 왔다.

"정, 정말 제가 보이세요? 드디어 나를 보는 사람을 만나다니!"

흥분한 목소리는 제 형체만큼 흐릿하고 작았다. 나는 애써 침착함을 유지하며 물었다.

"당신은 혼입니까?"

"혼이라면……. 귀신을 말하는 건가요? 모르겠어요. 어느 날 눈 떠 보니 낯선 곳이고, 제 몸도 갑자기 이렇게 변해서……."

자기 죽음조차 기억 못 하는 건가? 몸에서 분리된 지 오래된 혼은 기억을 점점 잃어버린다고 했다.

"명부 담당 차사는 뭘 한 거지? 아니, 명부 차사가 제대로 일하기는 하나?"

세상이 바뀐 것처럼 저승도 달라졌다. 우물에 빠져 죽은 사람을 인도하는 단물 차사가 상수도 시스템 구축과 동시에 할 일을 잃은 것처럼 많은 차사가 저승을 떠났다. 할머니도 지금은 평범한 우주여행 가이드였다. 가끔 저승 일을 하는 모양이지만.

"역시 전 죽은 건가요? 사람들이 저를 못 보는 게 이상했어요. 제가 죽었다면 당신은……. 저, 저승 차사!"

"어, 음, 그게 차사가 맞기도 아니기도……."

"저승이 진짜 있었다니! 이제 전 어떻게 되는 거죠? 저를 데리러 오신 건가요? 홀로 떠도는 것도 너무 지치고 무서웠어요."

혼은 그동안 답답했던 모양인지 질문을 우르르 쏟아 냈다. 무엇보다 자신을 알아보는 사람이 반가운 듯했다.

"차사님이라고 불러도 되나요?"

나는 차사의 일은커녕 저승의 위치도 몰랐다. 원래라면 나도 저승의 일을 했을 테지만, 세상이 변했다.

"음, 차원이라고 부르세요."

"차원 님, 저를 저승에 데려가 주시는 건가요?"

"혹시 성함이 어떻게 되시죠? 저승에 가려면 이름이 필요하거든요. 보통은 명부가 내려오는데 지금 저에게는 없어서……."

"아, 제 이름은……. 어? 뭐였더라?"

가뜩이나 흐린 혼의 형체가 순간 더 창백해졌다. 이미 이름을 잊었다니. 이 혼은 몸에서 분리된 지 한참 지난 게 틀림없다.

“이제 전 어떻게 되는 거죠?”

“물어볼 사람이…….”

나는 할머니에게 연락하려다 멈칫했다. 단호한 목소리가 바로 옆에서 들리는 것 같았다.

‘넌 저승의 일을 할 필요도, 알 필요도 없다.’

‘하지만 이 책에는 제가 저승의 마지막 차사라고 분명히 나와 있어요.’

‘그건 그냥 기록일 뿐이야. 쯧, 더 잘 숨겼어야 했는데. 차원아, 요즘 세상에는 죽는 사람도 드물고 당연히 차사도 거의 없다. 저승은 있으나 마나 한 곳이 되었어. 당장 오늘을 살기도 급한데, 죽은 사람보다는 미래를 생각해야지. 그러니 당장 잊어버려라.’

할머니는 내가 저승이나 차사를 궁금해하는 것조차 껄끄러워했다. 저승 이야기만 나오면 급하게 화제를 돌렸다. 그러니 나 홀로 혼을 보러 왔다는 걸 알면 할머니는 크게 실망할 것이다.

“차원 님을 만나서 정말 다행이에요. 여기서 혼자 얼마나 떠돌았느냐면요……. 음, 일주일? 일 년? 아니, 아니, 백 년인가?”

“시간 감각도 잃어버렸군요.”

절로 탄식이 나왔다. 거의 백지에 가까운 혼이었다. 할머니에게 연락하는 것 말고 내가 할 수 있는 일이 없어 보였다. 고개를 젓자 혼이 파르르 떨렸다.

"이, 이름이랑 시간은 모르겠지만 다른 기억들은 남아 있어요!"

다급한 혼의 외침에 나는 가슴이 콩콩 뛰었다. 기억이 있다고? 그럼 그 기억들을 바탕으로 누구의 혼인지 찾을 수 있을지도 몰랐다. 검색은 내가 가장 잘하는 일이다. 이름 찾기에 성공한다면 할머니의 생각도 변하지 않을까.

내가 흥미를 보이자 혼은 눈에 띄게 안심했다. 아무래도 내가 포기할까 봐 걱정한 듯했다. 나는 뇌에 삽입한 칩으로 시각화한 검색창을 보며 혼의 말을 기다렸다.

"나비라는 고양이를 길렀어요. 등에 네잎클로버 무늬가 있었죠. 친구가 직접 만들어 줬던 팔찌도 기억나요. 책 모양 장식이 달렸는데……."

"네?"

당황한 나머지 나도 모르게 혼의 말을 끊었다. 그런 일상적이고 사소한 일로는 검색할 수 없었다. 게다가 나비라니. 고양이 이름마저 흔했다.

"음, 조금 더, 특별한 건요?"

"특별한 기억이라. 우연히 맛본 커피가 너무 맛있어서 커피 체리를 재배한 달랏(Đa Lat)의 어느 농장까지 친구랑 찾아간 일이 떠오르네요. 달랏은 베트남 남부에 있는, 아름다운 고원이에요. 같은 아라비카 품종이라도 지역이나 재배 방법에 따라 맛이 다른 거 아세요? 높은 고도에서는 커피 체리가 천천히 숙성되죠. 과일과 꽃 향기가 나고 아주 부드러워요."

이대로 내버려 두면 달랏의 다른 특산품까지 설명할 기세였다. 나는 급히 화제를 돌렸다.

"살던 곳은요? 그 동네 기억나요?"

"그건 기억이 잘……."

고개를 젓듯 혼이 좌우로 흔들렸다. 나는 일단 혼과 함께 골목을 빠져나왔다. 걷다 보면 아는 장소가 떠오를지도 몰랐다. 우리는 거리를 걸으며 다시 이름 찾기에 집중했다.

"사소한 걸로는 검색이 안 돼요. 직업은요?"

"우주 자원 탐사자, 가상 현실 인테리어 직원, 증강 현실을 이용한 심리치료사, 드라마 배경에 쓸 소품 제작도 했었고요. 헬기 조종사, 수영 강사, 프리다이빙 선수이기도 했죠. 아, 가장 오래 한 건 프로그래머예요."

혼의 대답이 길어질수록 나는 혼란스러웠다. 직업이 많은 건 둘째치고 분야가 너무 다양했다. 생각해 보면 혼은 자신의 이름도 잊었다. 다른 기억에 문제가 생긴 거 아닐까. 하지만 별다른 방법이 없었기에 나는 마음 한구석에 불쑥 떠오른 의심을 애써 눌렀다. 우선 최대한 많은 정보를 모은 뒤에 판단하자. 이미 사라진 직업도 있는 걸 보아 혼의 나이는 200살 이상이었다.

"프리다이빙이라면 장비 없이 잠수하는 거죠? 수상 이력은요? 작은 규모의 대회도 좋아요."

"여러 번 대회에 나갔는데 한 번도 상을 받지 못했어요. 대회를 준비하고 나가는 것만으로도 충분히 즐거웠던 기억이 나네요. 프리다이빙을 해 본 적 있으세요? 저는 오십 미터 아래의 어둡고 고요한 바닷속에서 수면을 올려다보는 순간이 가장 좋아요. 수면을 통과한 빛의 장막이 오로라처럼 웅장하고 아름답죠."

그때의 기분을 다시 느끼기라도 하는지 벅찬 목소리였다. 하지만 '기분'은 프리다이빙과 마찬가지로 검색엔 쓸모없는 정보다. 이번에는 취미를 물어보았다.

"영화 보는 거요. 2D, AR, VR 등 가리지 않아요. 영화 장르도 상관없어요. 감상을 타인과 나누는 것도 좋아해서 모임도 가입했죠."

이번 대답도 망설임 없이 술술 흘러나왔다. 나는 모임이라는 단어에 집중했다. 특이한 모임이라면 검색이 될지도 몰랐다.

"영화 말고 다른 모임도 했나요?"

"많아요! 음악 관련 모임만 해도 벌써 열 개가 넘는걸요! 댄스, 힙합, 록, 발라드, 재즈, 클래식……. 네? 다른 거요? 버츄얼 아이돌 팬클럽도 스물두 곳이나 가입했어요. 디저트 모임도 여섯 개고."

몇 번 더 이어진 대화는 계속 이런 식이었다. 소설 장르만 해도 무협, 로맨스, 대체 역사, 아포칼립스, 판타지, 과학 소설, 추리, 호러 등 다양하게 좋아했고 게임과 스포츠 종류도 마찬가지였다. 이건 이러해서 좋고, 저건 저러해서 좋다는 식이었다. 혼은 누구나 마땅히 가지는 호불호가 없었다.

어떻게 그럴 수가 있지? 정말 기억이 잘못된 걸까? 그게 아니라면 말이 되지 않는다.

나는 가장 오래 했다는 프로그래머 쪽을 더 파 보기로 했다. 이것저것 묻자 꽤 구체적인 정보가 모였다. 혼은 로봇을 만드는 프로그래머였던 것 같다. 하지만 세상에 로봇 공학 프로그래머들은 너무 많았다. 퍽퍽한 빵을 물 없이 먹은 듯 가슴이 답답했다.

"평범해도 너무 평범하네요."

나는 혼잣말처럼 중얼거리다가 움찔했다. 그리고 기억을 떠올리려 끙끙대는 혼을 슬쩍 살폈다. 부디 타박처럼 들리지 않았길 바랐다. 가장 간절한 건 혼일 테니까. 나는 이제라도 실망을 잘 감추기로 마음먹었다. 그리고 그만 포기하려는 순간.

"라일……."

"뭐라고요?"

나는 깜짝 놀라 되물었다. 이름처럼 들렸다. 혼은 자기 말에 놀란 듯 화들짝 몸을 떨었다. 그러고는 잊지 않겠다는 듯 연신 중얼거렸다.

"라일, 라일……. 그래, 라일! 그게 내 이름 같아요!"

서둘러 프로그래머와 라일을 검색해 보았다. 결과를 확인한 나는 터져 나오려는 한숨을 가까스로 참아 냈다.

최소 200살인 데다 프로그래머인 라일은 478명이나 됐다. 성이라도 알면 좋았겠으나 혼은 고개를 저었다. 나는 검색에 쓸 만한 키워드들을 하나둘 넣어 보았다. 검색 결과를 기다리고 있는데 혼이 물었다.

"그런데 전 어쩌다 죽은 걸까요? 기나긴 삶이 지겨웠을까요?"

마땅한 답이 떠오르지 않았다. 나는 다른 사람의 인생에 대해 깊게 생각해 본 적이 없다. 내가 잘 아는 건 내 인생뿐인데, 대단하거나 특별한 건 없다. 오전에는 학교 수업을 듣고 오후에는 친구들과 놀거나 가상 현실에서 시간을 보냈다.

요즘 재미있는 건 과거의 한때를 재현한 가상 현실이다. 나는 몇백 년 전에 활동했던 아이돌 그룹 '아우라즈'의 콘서트를 보러 자주 접속했다. 9명이 기계의 보조 없이 척척 칼군무를 추는 모습에서 시선을 뗄 수가 없었다. 특히 엔딩에서 숨을 몰아쉬며 조금 힘들어하는 모습은 예스럽고, 충격적일 정도로 새로웠다. 힘들어하는 모습을 계속 보고 싶은 게 괜찮은 건지 조금 의심이 들기도 했다. 나는 네 시간 가까이 목이 쉴 정도로 응원했다.

그리고 저녁이 되면 할머니와 밥을 먹었다. 그날 만난 우주여행 손님, 새로 방영하는 드라마, 요즘 유행하는 기계 장치 등을 이야기하면서. 13살까지는 이런 일상에 딱히 불만이 없었다. 그냥 잘 먹고, 잘 잤다.

문제는 14살이 되고부터다. 미래만 생각하면 뭘 먹어도 입맛이 없고, 밤마다 잠을 설쳤다. 도대체 앞으로 무얼 하면서 살아가야 할까? 확실한 건, 긴 생을 살기에는 내 인생이 너무나 평범하다는 것이다.

"저승이 실제로 있을 줄 몰랐어요. 저승이 있다면 윤회도 있는 거겠죠? 차원 님, 전 다시 태어날 수 있나요?"

기대하는 목소리에 나는 서둘러 딴생각을 털어 냈다. 할머니의 책에는 윤회 이야기도 있었다. 인간은 죽으면, 이전의 기억이 모두 사라진 채 새로운 몸으로 다시 태어난다. 그렇게 죽음과 삶을 거듭하는 일을 '윤회'라고 했다.

"저승에 가면 누구든 다시 태어날 수 있대요."

"다행이네요. 언제였는지 모를 수업에서 짧게 저승 설화를 배웠는데, 진짜라니 놀라워요. 아, 그러고 보니 저승 차사 이야기도 있었어요!"

"어떤 이야기였나요?"

"예로부터 저승 차사는 두려워하는 영혼을 이끌어 준다고 하죠. 많은 이들이 누구보다 무섭고 두렵다고 여기지만, 실은 다정한 존재라고."

다정한 존재. 나는 할머니를 떠올렸다. 저승의 몇 안 남은 차사인 할머니는 가끔 정장을 차려입었다. 드물게 죽음을 맞은 혼을 인도하기 위해서였다. 할머니의 책에 따르면 육체를 떠나는 건 무척 아프다고 했다. 신체의 통증이 아니라 혼란스럽고 두려운 마음에서 비롯된 통증이다. 차사는 그런 그들을 달래어 저승으로 안전하게 이끈다. 그들의 다음 생을 위하여.

할머니의 서재에서 저승을 기록한 책을 발견한 건 다섯 달 전이었다. 할머니가 가끔 펼쳐 보고 꼭꼭 숨기는 책이어서 궁금했다. 그냥 신화나 판타지 소설이라고 생각했던 책에는 내 이름이 적혀 있었다. 14년 전 어린 차사가 새로 태어났으나, 저승에는 더 이상 차사가 필요 없었다. 그래서 어른들은 그 아이를 이승에서 기르기로 한 것이다.

처음엔 당황스럽고 혼란스러웠다. 하지만 생각해 보면 이상한 점은 있었다. 사람들은 하루 종일 함께 있고도 내가 있다는 걸 종종 잊었다. 그뿐만 아니라 나는 마음만 먹으면 사람들이 내 존재를 금방 잊게 만들 수도 있었다. 존재감이 약해서라고 생각했는데, 차사의 능력 중 하나라고 했다.

그날부터 나는 차사라는 직업을 생각하게 되었다. 혼을 인도한다니, 뜻깊고 특별한 일 아닌가? 할머니와 함께 차사로 일해도 좋을 것 같았다. 하지만 할머니는 반대했다.

'차원아, 옛날엔 차사가 인간보다 훨씬 오래 살고 저승의 일을 해야 해서 불가능했지만, 넌 평범하게 살아갈 수 있어. 다른 아이들처럼.'

할머니는 내가 평범해지길 바랐지만 내 인생에는 뭔가 뜻깊은 게 필요했다. 그러지 않고서는 내 미래가 너무 지루하게 느껴졌다.

그때 검색이 끝났다. 혼이 말한 사소한 기억들과 관련이 있는 프로그래머 라일은 40명으로 추려졌다. 나는 고민하다가 검색 필터에 이 동네 지명을 넣었다. 혼은 기억나지 않는다고 했지만, 이곳에서 살았을지도 몰랐다.

그러자 단 1명의 라일이 나왔다.

나는 검색된 라일의 SNS 계정에 들어갔다. 거의 매일 업로드된 게시물에는 혼이 그토록 찾던 것들이 있었다. 달랏의 커피 농장, 검푸른 바닷속, 버추얼 아이돌, 책, 영화, 심지어 기억의 오류라고 여겼던 수많은 모임에서 찍은 사진 들까지 가득했다. 나비라는 고양이도 기르고 있었다.

그는 2년 전부터 생활사 박물관의 휴머노이드 관리자로 일한 모양이었다. 박물관을 홍보하기 위해서인지 과거 기록의 중요성을 적어 놓은 글이 꽤 많았다.

"당신은 서라일이었어요!"

서둘러 이름을 세 번 불러 보았다. 그러나 혼의 모습은 그대로였다. 적어도 이름과 함께 기억이 조금은 돌아올 줄 알았는데, 여전히 혼은 자신이 누군지 기억하지 못했다. 설마 이름뿐만 아니라 어떻게 죽었는지도 알아내야 하나? 하지만 인터넷에서 찾을 수 있는 정보는 한계가 있었다.

나는 게시물을 다시 들여다보다가 문득 새로운 사실을 알아냈다. 수많은 사진마다 케이가 등장했다. 케이라면 서라일에게 어떤 일이 생겼는지 알지도 몰랐다.

우리는 일단 생활사 박물관에 가기로 했다. 폐관 시간이 가까웠던 터라 쫓기듯 내린 결정이었다.

박물관 출입구는 관람을 마치고 나오는 사람들로 혼잡했다. 그 사이를 비집고 들어가긴 했지만 발걸음이 떨어지지 않았다. 자, 이제 누구를 붙잡고 물어봐야 할까? 일단 케이는 점검 중이니 만나도 소용없을 것이다. 그렇다면 박물관장? 안내 로봇? 휴머노이드 관리 부서? 그들 중 누구도 가족이나 지인이 아닌 내게 서라일의 행방을 쉽게 답해 줄 것 같지 않았다.

"그래도 일단 박물관에 면담 신청을……. 어, 어디 가세요!"

줄곧 내 뒤에 있던 혼이 앞으로 튀어 나갔다. 붙잡을 새도 없이 그대로 2층으로 날아가 버렸다. 나는 멍하니 그 모습을 보다가 서둘러 뒤쫓았다.

2층에 도착하자마자 눈을 크게 뜨고 주위를 둘러보았다. 케이가 있는 가림막을 스르륵 통과하는 혼을 발견하고 경악했다. 나는 기념품을 구매하기 위해 남아 있던 몇몇 사람의 눈치를 살핀 후 가림막 안으로 들어갔다.

혼은 푹신해 보이는 일인용 소파 앞에 둥둥 떠 있었다.

"갑자기 말도 없이 움직이면……."

어떡하냐고 속삭이려다가 입을 다물었다. 흐릿한 형체 너머로 누군가의 모습이 비쳤다. 성별도 나이도 짐작하기 어려웠지만, 일단 나보다는 많아 보였다. 휴머노이드라는 사실을 몰랐다면 곤히 잠든 사람이라고 생각했을 것이다. 한참 케이를 보던 혼은 뒤늦게 정신이 들었는지 아, 소리를 냈다.

"갑자기 기억이 떠오르는 바람에. 우리는…… 친구예요."

"혹시 전원 켜는 법 생각나세요?"

"음, 한번 살펴볼게요."

혼은 천천히 케이에게 날아갔다. 처음에는 케이의 머리 위에서만 조심스럽게 움직이다가 이내 뒷덜미, 손바닥, 어깨 등을 정신없이 오갔다. 그 행동을 5분쯤 지켜보다가 나는 고개를 저었다.

"그만하세요. 지금이라도 다른 방법을……."

말을 채 끝내지 못하고 헉, 숨을 들이켰다. 혼이 환하게 빛났기 때문이다. 자세히 보니 흐릿한 연기 같던 형체는 이제 작은 글자와 숫자들로 빼곡하게 채워져 있었다. 마치 코딩 부호 같아 보였다. 한참 빛나던 혼은 이내 휴머노이드 속으로 빨려 들어갔다. 그와 동시에 굳게 닫혀 있던 케이의 눈꺼

풀이 스르륵 올라갔다.

나는 케이가 주먹을 몇 번 쥐었다 펴거나 어깨를 돌리는 모습을 멍하니 바라보았다. 그는 한동안 몸 이곳저곳을 확인하다가 고개를 들었다. 우리의 시선이 마주쳤다.

"서라일 씨가 아니라 케이, 당신이었나요?"

"그래. 정확히는 혼이 아니라 홀로그램이었어. 오류가 발생해서 내 소프트웨어가 홀로그램 서버를 떠돌게 된 모양이야."

기억을 되찾은 케이는 말투도 분위기도 변해 있었다. 혼이었을 때의 초조함과 두려움은 사라지고 없었다. 나는 이 상황을 이해하기 힘들었다.

"저는 서라일 씨라고 생각했어요. 그 기억은 전부 서라일 씨의 것이었는데……."

"라일의 것이자 내 기억이야. 우린 이백 년이 넘는 시간을 함께 보냈거든. 여행도 다니고 고양이도 기르고. 팔찌는 라일이 내게 선물로 준 거야. 그 애는 내게 없어선 안 되는 소중한 친구였어."

케이는 긴 한숨과 함께 그간의 일을 설명했다.

"난 실험을 위해 만들어졌어. 휴머노이드가 인간들과 잘 살아갈 수 있는지 같은, 뻔한 연구였지. 시간이 지나면서 여러 로봇이 자연스럽게 증명한 덕분에 실험은 쓸모없어졌어. 나야 뭐, 실험 따윈 진작 잊고 잘 살아가고 있었지. 사람들도 나를 잊었다고 생각했어. 이 년 전, 라일이 나를 박물관에 기증하기 전까지 말이야!"

그는 라일의 이름을 짓씹듯이 중얼거렸다. 나는 이해가 가지 않아 고개를 저었다.

"하지만 두 분은 친구라면서요."

"나만 그렇게 믿은 거지. 우리가 함께 보냈던 일상을 데이터 축적 따위로 보고 있는 줄도 모르고. 내 기록이 가치 있을 거라더군. 살아 있는 역사라면서."

서라일은 케이를 개발했던 박사의 후손이었다. 어느 날 그는 구시대의 유물이라 생각했던 케이가 여전히 작동한다는 걸 알게 되었고, 데이터 수집을 위해 접근했다. 서라일은 긴 생을 지루해할 거라는 예상과 달리 즐겁게 살아가는 케이를 보며 새로운 실험을 떠올렸다. 그리고 200년 넘게 케이 곁에 머물렀다. 자신의 정체와 의도를 숨긴 채.

"라일과 함께 지내면서 즐겁고 행복했어. 우린 성격도 잘 맞고 좋아하는 게 비슷했거든. 그 애를 만나기 전에도 나는 좋아하는 게 많았는데, 친구와 그걸 공유하는 건 더 즐거웠어. 라일 덕분에 내 취향도 넓어졌고."

그렇게 말하는 케이의 얼굴 위로 분노와 씁쓸함, 고통이 떠올랐다.

"박물관에서 나갈 수는 없나요?"

"나는 여전히 누군가의 소유물이야. 명령을 거부하는 건 불가능해. 옛날 사람들은 로봇이 인류에게 위협이 될지 모른다며 조종 코드를 심어 놓았어. 일종의 안전장치지. 코드는 기억 속에 숨겨져 있어. 새로 저장되는 기억에도 자동으로 조종 코드가 복제되고. 기억을 완전히 삭제해야만 박물관을 벗어날 수 있어."

나는 그 절망적인 방법을 듣고 멍해졌다. 만약 내가 지금까지의 기억을 지워야 한다면 어떨까. 생각만으로도 속이 울렁거리고 강한 거부감이 들었다. 하지만 평생 이곳에 갇히는 건 더욱 끔찍했다. 어쩌면 케이는 기억을 삭제하려다가 프로그램에 오류가 생긴 게 아닐까?

케이가 돌연 웃음을 터뜨렸다. 찌푸린 표정만 봐도 무슨 생각을 하는지 알겠다면서. 나는 어색하게 손등으로 얼굴을 쓸었다.

"우선 난 기억 삭제를 시도한 적 없어. 뭐, 처음에는 그런 생각을 품기도 했지. 라일이 중요하게 여기는 게 바로 이 데이터니까. 복수하고 싶었거든. 몇 시간 만에 그만뒀지만."

"하지만 박물관에서 나가려면……."

"차원, 나는 기억을 지우지 않을 거야. 하나하나가 아주 소중하거든. 복수를 포기한 것도 그래서야. 라일이 무슨 목적을 가졌든 이 기억들은 내 것이니까. 이건 라일이나 그 누구도 침범할 수 없는, 나만의 세계라고."

케이는 지난 2년 동안 조종 코드를 없애기 위해 온갖 시도를 했다. 나는 휴머노이드가 시도 때도 없이 점검에 들어갔던 이유를 깨달았다. 케이는 이번에도 실패했다며 씁쓸하게 웃었다.

"도중에 오류가 생겨서 데이터가 손상되기 시작했거든. 나를 완전히 잊어버리기 전에 급히 내 프로그램과 데이터를 백업한 파일을 홀로그램 서버에 업로드해야 했어."

그러나 홀로그램 서버와 휴머노이드 프로그램은 충돌을 일으켰다. 연기처럼 흐릿한 형체와 불완전한 기억은 그 때문이었다. 케이의 표정이 어두워졌다.

"설마 내 이름까지 잊어버릴 줄이야. 온전하진 않아도 박물관에 있는 내 본체에게 돌아갈 수는 있을 거라고 계산했는데. 차원, 널 만나지 않았더라면 난 어떻게 되었을까."

나는 어쩌면 이번 실패로 그가 포기할지도 모른다고 생각했다. 자신을 잊은 채 거리를 헤매는 끔찍한 경험을 했으니까. 하지만 놀랍게도 그는 그만두지 않았다. 사람이 모두 빠져나가 고요해진 박물관에서 홀로 새로운 계획을 세우기 시작했다. 그 모습을 보자 나는 가슴 한구석이 조금 막막하고 답답했다.

"기억을 삭제하고 새로운 삶을 사는 건요? 소중한 기억을 지운다는 게 괴롭겠지만 언제까지고 박물관에 갇혀 있는 것보다는 나을지도 몰라요. 이건 너무…… 힘든 일이잖아요. 기억이 리셋되어도 여전히 당신일 거예요."

"기억을 지워도 다시 살아갈 수 있겠지. 하지만 그건 지금의 내가 아니잖아. 나는 죽고 싶지 않아. 나로서 살아가고 싶어."

조금의 흔들림도 없는 생생한 목소리였다. 조명이 꺼져 박물관의 어둠 속에 잠겨 가는, 과거와 함께 사라진 흔적들과는 어울리지 않는.

케이는 수많은 실패를 겪었지만 자기 삶을 포기하지 않았다. 어떻게 그토록 삶을 사랑할 수 있는 걸까. 원래의 나라면 그런 삶을 상상은커녕 짐작조차 하기 힘들었겠지만, 나는 이미 그가 사랑하는 것들을 안다.

고양이 나비, 달랏산 커피, 바닷속에서 올려다보는 수면, 영화, 노래, 버추얼 아이돌, 책 말고도 너무 많았다. 그리고 그것들은 모두 특별하지 않았다. 내겐 일상적이고 사소하게 느껴졌던 일들이 케이의 삶을 계속 흘러가게 했다.

"저는 긴 생을 잘 살려면 중요한 목표나 뜻깊은 일들이 필요하다고 생각했어요."

누구에게도 보이지 못한 부담감이었다. 케이는 갑작스러운 내 말에 눈을 깜박이다가 무언가를 생각하는 듯 잠시 허공을 쳐다보았다. 이내 다시 시선이 마주쳤다.

"뭐, 그럴 수도 있겠지. 근데 나는 그냥 좋아하는 게 아주 많았을 뿐이야."

이상적인 미래 계획도, 진지한 조언도 아니었지만 내 마음을 가볍게 만들기에는 충분했다. 내가 고개를 끄덕이자 케이가 미소 지었다.

"그러니 나는 반드시 나로서 박물관을 나갈 거야. 그리고 계속 살아가겠어. 나를 찾아 줘서 고마워, 차원."

"거리를 떠돌게 되어도 걱정하지 마세요. 몇 번이라도 다시 데려다줄게요. 이제는 헤매지 않고."

케이와 인사한 후 나는 박물관을 나왔다. 숨을 크게 들이마시자 시원한 공기가 폐에 한가득 들어찼다. 어둑해진 하늘을 올려다보았다. 우중충한 날이니 잔잔한 재즈를 듣기 좋을 것 같았다. 나는 기지개를 켜며 오늘 저녁에 뭘 할지 생각했다. 친구들, 할머니, 재밌는 가상 현실, 아우라즈…….
평범하고도 즐거운 내 일상이 하나둘 떠올랐다. 살아가는 데 거창한 목표나 사명 같은 건 필요 없었다. 좋아하는 것만으로 충분했다. 길고 긴 삶이 지루하거나 혼란스러울 때도 있겠지만, 나는 이미 방법을 알고 있었다. 천천히 앞으로 걸었다. 기나긴 미래가 나를 기다리고 있었다.

나현

당신은 무엇을 좋아하나요? 좋아하는 것들을 많이 찾기를 바라요. 그게 살아가는 힘이 될 테니까요. 저도 그러기 위해 항상 노력한답니다. 왜 노력까지 하나고요? 알고리즘의 추천처럼 편리한 방법일 때도 있지만, 대부분 직접 찾아다녀야 하거든요. 영원히 잊지 못할 책의 한 구절을 만나기 위해서는 새로운 책을 고르고, 책장을 계속 넘겨야 하는 것처럼 말이에요. 제 일상은 그렇게 찾아낸 것들로 이루어져 있습니다. 그리고 그 덕분에 오늘 하루를 즐겁게 살아갑니다.

숨 고르기를 넘어 새로운 도약을 기대하며

이번 한낙원과학소설상 작품집은 처음으로 두 해의 당선작을 함께 묶게 되었다. 그 이유는 제8회 때 수상작을 내지 못했기 때문인데, 제7회에 비하면 응모 편수도 거의 절반인 51편으로 줄고 눈길을 끄는 작품도 많지 않아 심사위원들을 당혹하게 했다. 제9회 응모 편수 역시 전년도와 거의 같은 54편이었으나, 이번에는 다행히 수상작을 낼 수 있었다. 「사라지지 않아」가 그 작품이다.

이 작품의 배경은 '자신의 행성을 꾸미는 힐링 게임'이라는 가상 공간이다. 얼핏 보기에 구성이 복잡하게 느껴지는데, 이는 주인공 설정의 특이함 때문으로 보아도 좋을 것이다. 이 작품의 일인칭 화자는 '양현지'라는 닉네임을 가진 플레이어의 캐릭터로, 화자의 행성은 장기 미접속으로 인해 휴면 계정이 되어 잊힌 자들의 은하에 있다. 화자는 플레이어와 함께 이 행성에 머물면서 우주선 제작과 정비에 힘을 쏟았지만, 3년 전에 플레이어가 행방불명되면서 행성의 영구 삭제를 통보받은 상태다. 이러한 긴장된 상황에서 화자는 '이상아'라는 플레이어의 캐릭터와 만난다. 이상아라는 닉네임의 플레이어는 청소년 우주 탐사단 30기에 함께 선발되었다가 사라진 버디 '황예지'를 찾다가 이 게임과 잊힌 자들의 은하를 알게 되었고, 우주선이 고장 난 바람에 화자의 행성에 불시착하게 된 것이다.

게임이나 가상 공간을 소재로 한 작품들은 많은 경우 현실과 가상 공간의 관계를 다룬다. 게임 속 배경이나 사건 들이 현실에 영향을 미치는 것이다. 하지만 이 작품은 가상 공간이 실제 현실에 크게 관여하지 않는다는 특징을 지닌다. 현실의 현실성 문제라든가 의식과 존재에 대한 철학적 질문을 피해 가는 것이다. 이는 장점으로도 단점으로도 작용할 수 있다. 일반 문학이 개인화 경향을 띠면서 SF 장르가 넘겨받은 거대 서사적 문제 제기를 포기하고 있다는 단점은 있지만, 오히려 독자의 관심을 양현지와 황예지의 행방 문제에 붙들어 두고, 그 둘이 추구했던 '꿈'에 대해 생각해 볼 기회를 갖게 하는 것은 장점이라 하겠다.

수상 작가의 신작 「하얀 파도」는 좀 더 철학적인 질문을 던진다. 시스템의 데이터 '삭제'가 실제 현실의 존재에, 살아 있는 인간들의 기억에, 어떤 영향을 미칠까? 수상 작가의 두 작품은 흥미롭게도 '데이터' 삭제라는 상황을 서로 다른 관점에서 다룬다. 실제 지금의 현실은 데이터가 삭제되지 않아 문제가 발생하고 있는데, 이 작품은 이런 현실을 뒤집어 보는 전복적 상상력을 엿볼 수 있기도 하다.

「우르수스 행성 대족장 취임 46주년 기념 선물에 대하여」는 노련한 이야기 방식이 돋보인다. 어드벤텀호 선장이 우르수스 대족장에게 줄 밀봉팩 선물을 조달해 준 항해사에게 쓴 편지 형식의 이 작품은 성인식에서 탈락해 '부족에게 쫓겨난 자'들에 속해 있던 '나르'가 실패에 대한 '끔찍한' 두려움을 이겨 내고 족장이 되기까지의 이야기를 전해 준다. 밀봉팩은 다름 아닌 콧수염 난 배관공 아저씨가 무수한 실패를 연습하는 게임으로, 화자인 선장의 어머니가 어렸을 때의 화자에게 안전하게 실패하는 법을 배우게 했던 게임이었다. 이 게임으로 선장은 나르에게 실패를 연습시켰고, 나르는 실패를 용납하지 않았던 오래된 전통을 깨뜨리면서 마침내 우르수스 행성을 통합하고 대족장이 되기에 이른다. 수학적 능력에 뛰어난 우르수스인들의 자질을 살려 후진행성 이었던 우르수스를 차세대 초공간 도약 기술의 선두 주자로 올려놓는다. 작가의 재기는 인정하면서도, 게임의 효용성이라든가 실패의 의미와 그 극복 가능성의 강조는 특별히 신선하지 않게 여길 독자들도 있겠다.

「절대 불행 소녀」라니, 인상적인 제목이다. '불행 특기자' 또는 '비선호 선택 대행 봉사자'라는 설정 역시 매우 흥미롭다. 게다가 정작 사고를 당한 사람은 의외로 불행 특기자인 친구 은비가 아니라, 화자인 민주로 나타난다. 이렇게 시작 부분이 강렬하고, 설정도 더 풍성한 이야기와 성찰을 기대하게 하는데, 불행에 대한 화자의 더 깊은 시각을 기대한 독자로서는 조금 아쉬울 수 있다. 그렇기는 해도 다수의 불행과 한 사람의 불행을 저울질하는 사회를 돌아보게 하는 시의성을 지닌다.

「마지막 차사와 혼」은 인간이 고치지 못하는 병이 없고 육체의 노화도 멈추게 할 수 있는, 죽는 사람이 손에 꼽힐 정도가 된 시대를 배경으로 한다. 그런 시대이니 '혼'을 저승으로 데려가는 '차사'라는 직업은 사라져 가는 직업인데, 바로 그

마지막 차사가 일인칭 화자인 차원이라는 흥미로운 설정이다. 화자가 혼을 만나 이름을 찾아보는 과정 역시 퍽 흥미롭다. 기억이 사라져도 나는 나일까? 삶을 잘 살기 위해서 필요한 것은 무엇일까? 같은 성찰적인 질문을 할 수 있는 장점도 있다. 단편이기에 한 가지 주제에 집중할 수밖에 없기는 하지만, 수명 문제 말고 다각적인 시선과 고려를 동반한 과학적 상상력을 읽을 수 있다면 더 좋았을 성싶다.

「복도에서 기다릴 테니까」는 도입부에서 주는 긴장감이 앞으로의 이야기를 기대하게 한다. 또한 소통할 '소'와 우리말의 '나'를 합한 '소나' 시스템이라든가, '중립 먹었다', '소나돌' 등에서는 작가의 감각이 돋보인다. 고글형 단말기를 쓰고 시스템에 접속해서 수업을 듣는다거나, 지각했을 때 '쿠폰'으로 의자를 얻는다거나, 메이크업 필터를 착용한다거나 하는 설정은 청소년 독자들이 공감을 느낄 만하다. 그러나 뒤로 갈수록 서사의 힘이 약해지며 무난하게 전개되는 점이 아쉽다. 아웃사이더에 속하는 준희와 연우의 우정이 소나 시스템을 넘어서는 중요한 계기라면 두 사람의 관계 변화가 좀 더 밀도 있게 펼쳐졌으면 어땠을까.

「나의 메신저 버씨」는 변이 바이러스의 창궐로 비대면 관계가 일상화된 세상에서 일종의 친구 아바타로서 인공지능 메신저를 제공받는다는 설정이다. 메신저의 시점과 강이레의 시점으로 번갈아 이야기가 진행되면서 독자는 양쪽의 생각과 느낌을 직접적으로 알게 된다. 공감 능력을 스스로 습득하는 인공지능이라는 SF적 상상력이 '친구'라는 개념에 질문을 던지는 것은 이 작품의 가장 큰 장점이다. 자아 정체성 문제에 청소년들의 심리나 정서가 수용된 점도 좋다. 비록 아주 참신한 소재가 아니라도 청소년들의 공감을 잘 이끌어 낼 수 있다는 걸 보여 주는 작품이다.

그간 한낙원과학소설상 수상 작품집에 실렸던 작품 해설의 제목을 훑어보았다. '미래 상상과 현실 탐구가 만나는 이야기 세상'(1회), '이야기라는 초심을 잊지 말자'(2회), '참신한 시각, 인물 형상화에 유의하자'(3회), '독자에게 너무 친절하려 애쓰지 말자'(4회), '상향 평준화라는 반가움'(5회), '머리와 가슴으로 함께 읽는 SF 동화'(6회), '과학보다 윤리적 상상력이 더 필요한 21세기의 SF'(7회). 이 제목들에서 이미 문학 작품에 대해 기대하는 기준들과 SF라는 장르의 정체성과 가능성이 시사된다. 이는 한낙원과학소설상이 새로운 아동

청소년 SF 작가들에게 갖는 기대이기도 할 것이다. 많은 새로운 작가를 만나게 해 준 한낙원과학소설상의 심사위원직을 마감하며 그동안의, 그리고 앞으로의, 모든 응모 작가분들에게 뜨거운 응원과 함께 '숨 고르기를 넘어 새로운 도약'을 이루기를 진심으로 기원한다.

김경연

(아동청소년문학 평론가)

사라지지 않아

2023년 12월 7일 1판 1쇄
2024년 6월 15일 1판 2쇄

지은이 채은랑 연여름 김두경 존 프럼 이새벽 나현
편집 김태희 장슬기 윤설희 최경후 이여름
디자인 신종식
제작 박홍기
마케팅 이병규 김수진 강효원
홍보 조민희
인쇄 코리아피앤피
제책 J&D바인텍

펴낸이 강맑실
펴낸곳 (주)사계절출판사
등록 제406-2003-034호
주소 (우)10881 경기도 파주시 회동길 252
전화 031)955-8588, 8558
전송 마케팅부 031)955-8595 편집부 031)955-8596
홈페이지 www.sakyejul.net
전자우편 literature@sakyejul.com
트위터 twitter.com/sakyejul
인스타그램 instagram.com/sakyejul_teen

ISBN 979-11-6981-172-9 44810
ISBN 978-89-5828-473-4 (세트)